双葉文庫

口入屋用心棒

# 腕試しの辻

鈴木英治

目次

# 腕試しの辻　口入屋用心棒

# 第一章

## 一

——死。

そんな文字が脳裏をよぎった。

湯瀬《ゆせ》直之《なおの》進《しん》は目をあけ、眉をひそめた。

薄闇が広がっている。

じき夜明けのようで、かすかな光がどこからか忍びこんでいた。

夢を見ていたような気もするが、はっきりしない。

いつもと同様、なにも思いだすことはできなかった。

次に頭に浮かんだのは、倉田《くらた》佐之《さの》助《すけ》という文字だった。

直之進は目に力をこめ、うっすらと見える天井をみつめた。

まさかあの男。いや――。

直之進は苦笑し、ふっと息をついた。

そんなことがあるはずがなかった。倉田佐之助は、雲の上から落ちても死なないような男だ。

それにしても、あの男のことを思いだすなど、どうしたことか。

死ぬようなことはないにしろ、やつの身になにか起きたのか。

あの男は殺し屋だ。今は仕事をしていないようだが、闇の世界に首までどっぷり浸《つ》かっていることに変わりはない。

そういう世界に身を置いている以上、よくないなにかが起きたところで、不思議はなかった。

直之進は上体を起こした。頭の奥のほうがずきんとする。

顔をしかめ、額に手を当てかけた。

昨夜、しこたま飲んだことをすっかり忘れていた。

相手は平川琢ノ《ひらかわたくの》介《すけ》だった。

盛り場に繰りだすのは直之進にとって久方ぶりで、ただの煮売り酒屋で飲んだだけだったが、楽しい酒となった。

しかし、その分、飲みすぎた。

琢ノ介と二人で、三升近くはいったのではないか。

もともと酒は強い。

それでも、三升のうち、直之進が胃の腑におさめたのは、せいぜい六、七合だろう。

ずいぶん弱くなったものだ。

佐之助が死んだのではないか。こんなことを考えるのは、昨夜の酒が残っているせいもあるのだろうか。

それとも、佐之助がなにか伝えたがっているのか。

あの男が俺に、念でも送っているのだろうか。

そんなことがあるはずがない、といいたいところだが、そうあっさりと切り捨ててしまえないだけのつながりが、今の自分たちにはある。

ちがう出会い方をしていれば、最も親しい友になったのではあるまいか。

そんな気がしてならない。

直之進は喉の渇きを覚えた。

ゆっくりと立ちあがる。その甲斐あって、頭は痛まなかった。

素足で土間におりた。足元がひんやりする。

その冷たさで、おのれを見失うほど酔っていたにもかかわらず、なにごともなく長屋に帰ってきていることを、あらためて知った。

安堵の息が出る。

手を伸ばして甕《かめ》の蓋を取り、顔を突っこむ。勢いよくやりすぎて、また頭がずきんとした。

直之進はうめいた。

もう二度と飲みすぎてはいけない。そのことを頭に彫りこむように決意する。

駿州《すんしゅう》沼里《ぬまざと》でれっきとした大名家に仕えていたとき、酒を飲みすぎるなど、決してなかった。

自らを厳しく律していたというより、それは当たり前のことにすぎなかった。

自然と体にしみついていた。

それが、これだけ崩れてしまった。

侍の矜持《きょうじ》を失いつつあるのか。

それとも、もともとの怠惰な性質《たち》が出たにすぎないのか。

確かに今の自分は、江戸での暮らしに慣れ、市井《しせい》ですごす自由さにすっかり浸《ひた》りきっている。

江戸での毎日は、家中の士だったときとは別の世ではないかと思えるくらい異なっている。堅苦しさとは、いっさい無縁である。

そのことが、直之進が本来持っていた地を、素直に表にださせたということなのかもしれない。

直之進は手にした柄杓《ひしゃく》に口をつけ、ごくりごくりと喉を鳴らして水を飲んだ。冷たさを残した水が胃の腑に流れこみ、しみ渡ってゆくのがはっきりと感じ取れる。

うまい、と声にだしていいたくなる。

明らかに体が喜んでいる。

三杯の水を飲み干し、柄杓を戻した。

ぷはー、と思い切り息を吐きだす。

柄杓からじかに水を飲むなど、侍のしていいことではない。

もしこんな姿を千勢《ちせ》に見られたら、咎められたにちがいない。

柄杓を甕の蓋の上に置き、直之進は薄縁《うすべり》畳の上に戻った。

足の汚れをさっと払う。

考えてみれば、素足で土間におりるということも、江戸で暮らしはじめるまでは、したことがなかった。

人というものは変われば変わるものだな、としみじみと思った。

渇きが癒えたら、唐突に空腹を感じた。

また土間におりようとして、直之進はとどまった。

台所にはなにもない。昨日、夕餉《ゆうげ》はつくらなかったのだから。

これから飯を炊いたり、味噌汁をつくったりするのは億劫《おっくう》だ。

だとすれば、外に食べに出なければならないが、一膳飯屋や屋台など食べ物屋がいくらあふれている江戸といっても、こんな刻限に食事をさせてくれるところは、ほとんどなかろう。

先ほどよりだいぶ明るくなってきているが、この薄暗さからしてまだ六つになったばかりにちがいない。

いや、六つをすぎているのなら、と直之進は思い直した。なにか食べさせてくれる店が近くにあるのではないか。

すでに、空腹は耐えがたい。飲んだ次の日の朝は、どうしてこんなに腹が減るのか。

痛む頭をなだめつつ、直之進は身支度をすませた。

なにか腹に入れてやれば、このふつか酔いもよくなるのではないか。腹を満たすとふつか酔いが消えると、耳にしたことがある。

刀と脇差を腰にねじこんで、直之進は再び土間におりた。

むっ、と眉根を寄せる。

腰高障子に心張り棒をしていなかった。

いくら今の暮らしが心地よく、江戸の町が平穏だとしても、ゆるみすぎなのではないか。

腕に自信ありといっても、昨夜のように泥酔していては、殺気など感じることはできまい。

もし昨晩、自分を狙う者がいたら、おそらく命はなかった。

やはり酒は、節度を持って飲まなければならない。

酒をやめる気がないことに、直之進は気づいた。

以前は飲まないのが当たり前だったのに、今はちがう。

酒の楽しさを捨てることは、できなくなっている。

こういうところにも、自分が変わりつつあるのが実感される。

直之進は、腰高障子の引手に触れた。

だが、どういう加減なのか、腰高障子はうまくあいてくれない。いったいなぜこんなに建て付けが悪いのか。

がたぴしいわせ、最後は下のほうを蹴りあげるようにして、ようやく横に滑らせることができた。

やや肌寒い大気が顔を打つ。

路地に出た。どんよりとした雲が覆っている。南のほうの雲は柳の枝のように垂れ下がり、今にも家並みに触れそうだ。

東側の雲はやや薄いようで、のぼりはじめた太陽の、まん丸い姿が薄絹を通したようにぼんやりと望める。

風はさしてないが、雲は北へと重たげに流れていた。

この分なら、午前のうちには晴れるかもしれない。

また腰高障子をがたがたさせて閉め、直之進は足を踏みだした。

「湯瀬の旦那、おはようございます」

井戸端から声をかけられた。数人の女房がかたまって蔬菜《そさい》を洗ったり、米を研《と》いだりしている。

こんなに朝早くから、女たちはまめなものだ。

おはよう、と直之進は明るく返した。頭がまたしても痛んだが、顔にはださない。このあたりは、いまだに侍というものが残っているのかもしれない。

「お出かけですか」

一人が立ちあがり、近づいてきた。ほかの女房も手をとめ、寄ってきた。全部で六人の女が、直之進のまわりに小さな輪をつくった。若いのもいれば、歳のいった者もいる。

六人とも、曇り空に負けることなく表情を輝かせていた。直之進と話をすることが、楽しくてならないようだ。好奇の心の強さが、そのままあらわれている。

「うむ、ちょっとな」

直之進は静かに答えた。

その答え方がおもしろかったのか、六人がいっせいに笑いをこぼす。

「昨夜はだいぶ飲まれたんですか」

一人にきかれ、直之進はぎくりとした。

「おぬしたち、俺が飲んで帰ったことを知っているのか」

「当たり前ですよ」

一人がひときわ大きな声でいう。

「もう四つをだいぶすぎていましたけど、湯瀬の旦那、でっかい声や音を立てていましたからねえ、長屋中、飛び起きてしまいましたよ」

「でかい声や音……」

「ええ、ほんとにすごかったんですから。ねえ」

本当に、といって六人の女たちが目を見かわす。

忍び笑いが漏れる。それがいっぺんに哄笑《こうしょう》に変わり、六人が腹を抱えた。

六つの笑い声が路地にこだましてゆく。まだ薄暗さのかすかに残る大気の壁を、一気に突き破りそうな勢いだ。

こういうところは江戸の常で、女たちに遠慮はまったく見られない。

夜遅くにだした声や立てた音というのがどういうものなのか気になったが、その反面、江戸の伸びやかさというものをまたも感じ取った直之進は、この町で暮らしはじめてやはりよかったなあ、と心から思った。

「湯瀬の旦那、覚えていないんですか」

一人にまじめな顔できかれた。

「ああ、面目ない」

直之進は頭のうしろをかいた。

「信じられないですねえ」

あきれてその女房がいった。

「湯瀬の旦那は入口の木戸の柱に謝ったり、そこのどぶ板を踏み抜きそうになったり、自分ちの腰高障子を力まかせにあけてはずしそうになったりと、そりゃ騒がしかったんだから」

「ええ、その通りですよ」

「本当にすごかったわ」

直之進は目をみはった。呆然とせざるを得ない。

「木戸の柱に謝っていたって」

「ええ、あまりに声がうるさいんで、あたし、たまりかねて外に出たんですよ。そしたら、湯瀬の旦那、柱にぶつかりそうになったんでしょうね、しきりに頭を下げていましたよ」

女房たちがくすくす笑う。

「まったくあんなに酔っ払っていても、湯瀬の旦那は律儀《りちぎ》なんだなって、あたしゃ、思いましたよ」

穴があれば入りたいというのは、今の気分をいうのだろう。

「そ、そうか。では、どぶ板や障子のことも、まことのことなのだな」

「まこともまこと、大まことですよ」

醜態以外のなにものでもない。顔から火が出そうだ。

死という文字が頭をよぎってゆく。

あれは佐之助のことなどではなく、侍としての自分が完全に死んだということを意味しているのではないのか。

なんというしくじりだろう。

直之進は首を振った。頭の痛みに襲われ、知らず顔をしかめた。

「湯瀬の旦那、大丈夫ですか」

気づかいの顔が目の前にずらりと並ぶ。

「あ、ああ、平気だ」

なんとなく気圧《けお》されるものを覚えて、直之進はそう答えつつも、半歩だけあとずさりした。

「でも、顔色がひどく悪いですよ」

「ええ、病人のようね」

「病人というより死人のよう」

「まったくだわ」

直之進は頬をなでた。

「飯を食ってくる。そうすれば、きっとよくなるだろう」

「ええ、そうしたほうがいいですよ。支度ができていれば、食べさせてあげてもいいんだけど、あたしも朝餉《あさげ》はこれからですからねえ」

「うむ、ありがとう。気持ちだけ受け取っておく」

一刻も早くこの場を立ち去りたかった。尻のあたりがむずむずする。

ではこれでな、失礼する、といって直之進は路地を早足で歩きだした。足が地を踏み締めるたび、頭がずきんずきんとする。それでも我慢して直之進は足をゆるめなかった。

どぶ板はどうやら大丈夫のようだ。どこもおかしくなっていなかった。

木戸を抜け出るとき、直之進はちらりと支えている柱に目をやった。

長年の風雨にさらされ、ほとんど灰色と化している。下のほうが虫食いにやられたのかずいぶんと細っており、かなり頼りない様子になっていた。

俺はこれに謝っていたのか。

直之進は、柱に額を叩きつけたい気分になった。

しかしそんなことをしたら、本当に倒れてしまうかもしれない。

昨晩、倒れなかったものに今日、とどめを刺すことはあるまい。

それに、今のこの状態でそんなことをしたら、いったいどんな激痛が頭を走り抜けるものか。

女房たちがまだこちらに顔を向けていた。直之進を見て、口元に手を当てて笑い合っている。

直之進は照れ隠しに手を振った。女房たちがうれしげに振り返してきた。

無理に笑みを浮かべて、直之進は再び歩きだした。

それにしても、と思った。まったくなんというしくじりだろう。侍が腹をかっさばきたくなるのは、きっとこういうときなんだろう。

気を取り直し、飯屋を探して歩いた。

早足になると頭にがんがん響いてくるので、できるだけ静かにそろりそろりと足を運ぶ。

だが、こういうときに限って、あいている飯屋がなかなかない。

目を大きく見ひらいて探しに探したが、やはり見つからない。

あきらめるしかないのか、と考えかけたが、そういえばあの角を曲がったところに一膳飯屋があったな、と思いだし、あそこがやっていなかったら仕方ない、戻ろう、と直之進は心に決めた。

味噌汁のにおいが鼻先を通りすぎてゆく。やっているようだな、と心が浮き立った。

少しだけ急ぎ足になる。途端に痛みがやってくる。

直之進ははやる心をなだめつつ、ゆっくりと進むしかなかった。

角を曲がった。

落胆に心が包まれる。味噌汁のにおいは、朝餉の支度をしているどこかの町屋から漂ってきたようだ。

一膳飯屋はあいていなかった。どんな手練《てだれ》の泥棒もよけてゆくような、がっちりとした戸が閉まったままだ。

江藤屋《えとうや》と記された大きな看板が鈍色《にびいろ》の空を背景に、ゆったりと吹く風できしんでいる。

その音はむなしく心に響いた。

直之進はその場にへたりこみたくなった。腹が減った、もう我慢できんぞ、と叫びだしたい気持ちに駆られたが、さすがにそれは抑えこんだ。

江藤屋のなかに人はいて、働いているのが気配でわかった。仕込みをしている最中なのだろう。

あとどのくらいであくのか。無理をいって入れてもらおうか。向こうも商売なのだから、きっとむげな真似はするまい。

直之進は戸の前に立ち、拳をあげようとした。だが、横に人が来た気配を覚り、取りやめた。

「湯瀬さま」

直之進はそちらに顔を向けた。

初老の男が立っている。えらが張った顔に、糸のように細い目がのっている。がっしりとした顎は、なんでも嚙み砕きそうなほどたくましい。

「米田《よねだ》屋《や》ではないか」

我ながら力のない声が出た。

「どうしてここにおぬしが」

米田屋光《みつ》右《え》衛門《もん》が、細い目を目一杯にひらいた。

「どうしてって、手前はここ小《こ》日向《ひなた》東古川《ひがしふるかわ》町に住みかがございますから」

「それはよく存じておる。俺もこの町に住まっているからな」

光右衛門がいぶかしげな顔をする。

「湯瀬さま、酔っていらっしゃるのでございますか」

「いや、そんなことはない。――米田屋、どこかに出かけるのか」

「いえ、家に戻るところにございますよ。散策の途中でございます」

「散策か。相変わらず元気がよいな。いいことだ」

「湯瀬さま、それにしても、いかがなされました」

光右衛門がそろそろと寄ってきた。

「お加減でも悪いのですか」

「悪いといえば悪い。ふつか酔いだ」

光右衛門がくんくんと鼻をうごめかす。

「なるほど」

ちらりと横を見あげる。

「江藤屋さんですか。湯瀬さま、朝餉を召しあがりに見えたんですね。でも、江藤屋さんが店をあけるのは五つからですよ」

「そうか、五つか」

まだ確実に半刻はあるにちがいない。

光右衛門が、情けなさそうに首を左右に振る。

「湯瀬さま、なんと水くさい。食事のことなら、どうして米田屋に世話になろうと、お考えにならないのですか」

実際、考えないではなかった。いや、一番に頭に浮かんだのは、米田屋だった。

だが、醜態を長屋の女房たちに見られたことで、その気は失せた。この状態で知った者と顔を合わせるのが、なんとなくためらわれたのである。

「まだ朝が早いしな」

直之進は別の理由を口にした。

光右衛門がやわらかく首を振る。

「関係ありませんよ。うちがどこよりも早く朝餉を済ませるのは、湯瀬さまもよくご存じではありませんか」

「うむ、そうであった」

「それに、もう湯瀬さまはおきくを……」

妻に迎えるおつもりなのでしょう、と光右衛門はいいたかったようだが、そこまではまだいいすぎであると感じたのか、語尾を濁した。

「米田屋、では、甘えさせてもらう」

直之進は心からの感謝の思いを面《おもて》にだしていった。

「湯瀬さま、それでよろしいのでございますよ」

光右衛門が、うれしそうに顔をほころばせる。

「是非ともおいでください。おきくも喜んで支度をいたしましょう」

直之進は、かたじけない、といった。

「本当にありがたく思う」

「なあに、礼などいりませんよ。お互い助け合って生きる。これこそが江戸でございますから」

二人は、肩を並べるようにして歩きはじめた。

もっとも、光右衛門が侍の直之進に遠慮してややうしろを進んでいる。

ほんの一町ばかり歩いただけだった。

米田屋はひらいていた。

ていねいに掃き清められ、水が打たれた路上に遠慮がちに小さな看板が置かれている。

頭上には口入、と太く墨書された扁額が掲げられている。

光右衛門が、風にほんのりと揺れている暖簾《のれん》を払う。

「おーい、おきく、おれん、湯瀬さまをお連れしたぞ」

やや暗い土間に入りこむ。一段あがった奥に帳場格子があり、若い女が背筋を伸ばして正座していた。

直之進と目が合い、陽光を浴びたようにぱっと顔を輝かせる。

帳場格子を立って、おきくが土間におりてきた。

「おはようございます。湯瀬さま、ようこそいらっしゃいました」

おきくが満面の笑みで腰を折る。

「うん、おはよう」

直之進はできるだけ快活にいった。また頭に痛みが走る。

「どうかされましたか」

おきくが心配そうにいう。

「ふつか酔いだそうだ」

光右衛門がいちはやく説明する。

それをきいておきくが、大きな目をさらに大きく見ひらく。

「それはまたお珍しい。湯瀬さまでもふつか酔いなんてことがおありなのですね」

光右衛門が苦い顔になる。

「湯瀬さまをお誘いになった相手が悪いに決まっている」

いけませんとばかりに、おきくが唇に人さし指を当てる。

光右衛門がびくりとする。

「いらしているのか」

「ええ、先ほど」

おきくの言葉を合図にしたかのように奥暖簾を払って、でっぷりとした人影がのっそりと立った。

「米田屋、邪魔しているぞ」

視線を直之進に移す。

「直之進、来るのが遅いぞ」

直之進は、そこに立つ平川琢ノ介を見つめた。

「まさか、朝飯をたかりに来たのではあるまいな」

琢ノ介がふっくらとした頬を、さらにふくらませる。

「そのまさかよ。しかし直之進、たかりなどと、人聞きの悪いことを申すでない」

「ちがうのか」

「馳走になりに来たのだ」

「いい方は異なれど、内実は同じよな」

琢ノ介がにこりとする。

「まあ、そうかもしれぬ」

「もういただいたのか」

琢ノ介が、口からにゅっと爪楊枝を突きだした。大きく出っぱった腹を満足そうになでさする。

「さすがに米田屋よ、実にうまかった。口入屋を廃業しても、食い物屋として十分にやっていける」

「ふつか酔いは」

琢ノ介がにやりと笑う。悪人のような笑いを気取ったのかもしれないが、人のよさがどうしてもにじみ出て、どこかのほほんとした顔になる。

「直之進、おぬしと一緒にするな」

「なんでもないのか」

「当たり前よ。あれしきの酒で、ふつか酔いなどあり得ぬ。おぬしとは、鍛え方がちがうわ」

　琢ノ介がしげしげと見てきた。

「ふむ、顔色がさえんな。直之進、赤子の小便のごとき量を飲んだにすぎんのに、ふつか酔いになるなど、男として恥ずかしくないのか。まったくだらしない」

「湯瀬さまはふつうです。平川さまがざるなのです」

　おきくが強い口調でいう。

　ふふ、と琢ノ介が余裕の笑みをこぼす。

「さすがに直之進のことはかばうか。しかしな、おきく。この男は飯を食わせてもらいに来たんだ。早く支度してやらんと、腹が空きすぎて、今にも赤子のように泣きだすかもしれんぞ」

　相変わらずの毒舌だが、気分が悪くならないのは、この男の人徳といってよいのだろう。

　おきくが直之進に視線を当てる。

「今すぐ支度いたしますから、しばらくお待ちくださぃ」

おきくがさっと裾をひるがえして、台所に向かう。

「ふむ、まったくよいおなごよなあ」

琢ノ介がしみじみという。

「大事にしろよ、直之進。自分のために向きになってくれる女なんぞ、そうそうおらぬものぞ」

琢ノ介がくすりと笑った。

「ふむ、いわずもがなか。いわれなくともそうすると、顔にでっかく書いてあるわ」

それをきいて、光右衛門が安堵の顔色になった。

直之進は台所脇の部屋に、光右衛門に勧められるままに腰をおろした。横にどかりと琢ノ介があぐらをかく。

「まだ食べるのか」

琢ノ介が蠅を追うように手を振る。

「食べんよ。わしの胃袋がいかに鯨のように巨大といっても、さすがにもう入る余地がない。直之進が食べている最中、話し相手がほしかろうと思ってな。それに、ちと話したいこともあるんだ」

やや思慮深げな表情になる。

「どうかしたのか」

「いや、ちと佐之助のことが気になっているんだ」

直之進は琢ノ介を見直した。

「やつの夢でも見たのか」

「夢だって」

琢ノ介が首をひねる。

「うむ、見たのかもしれんが、よくは覚えておらぬ。ただ、今朝方から、どうもやつのことが気になっているんだ。あの男には、沈みかけた船から助けてもらった恩もあるしな」

以前、直之進のあるじである又太郎《またたろう》という殿さまが琢ノ介とともに沼里からかどわかされ、船に乗せられたことがあった。その船は嵐に遭い、沈没しそうになったが、かろうじて浜に座礁した。

そのとき縛《いまし》めをされていた又太郎と琢ノ介を解き放ってくれたのが、その船に忍びこんでいた佐之助だったのだ。

「どうしてやつのことがこうも気にかかるのか、さっぱりわからんが、あのときの恩返しをしたいと、わしは心のどこかで思っているのかな」

琢ノ介が首を振り振りいう。

「もっとも、やつがわしからの恩返しを望んでいるはずもない。ただ返していない分、わしの気持ちの据わりが悪いだけなのかもしれん」

平川さま、と光右衛門が呼びかける。

「気がかりをお持ちなのはよおくわかりましたが、のんびりしている場合ではございませんぞ。例の仕事、確か五つからではありませんか」

琢ノ介がはっとする。

「そうであった」

勢いよく立ちあがる。直之進の長屋だったら埃が舞いあがるところだろうが、光右衛門の娘三人が暮らす家だけに、掃除が行き届いており、さすがにそんなことはない。

「失念しておった。いかん、いかん。初日から遅れたらくびになってしまうわ。ではな、直之進。わしの話し相手になるのをせっかく楽しみにしてくれていたところをすまぬが、また今度だ」

琢ノ介が両刀を腰に手挟《たばさ》んで、あわただしく出ていった。

「まったく忙しい男だな」

直之進は、見えなくなった琢ノ介の背中から目を離した。

「例の仕事というと」

光右衛門にただす。

「金持ちのおばあさんのお守りです」

「ほう、こんなに朝早くにな」

「年寄りですから早起きですし、手前と同じで散歩が趣味なんです」

「では、琢ノ介はそのばあさんの朝の散歩についてゆくのか」

「いえ、そうではございません。そのおばあさん、一人暮らしなのですが、いま足を悪くしておりまして、おんぶして歩きまわるんでございますよ」

「ほう、そのために雇われたのか。そいつはたいへんだな。琢ノ介のやつ、腰を悪くしなければよいが」

「平川さまは駄馬のように頑丈ですから、へっちゃらにございましょう。心配などいりません。それに、小仏みたいにちんまりとしたおばあさんですから、おそらくさほどのことはないでしょう。平川さまはおつむのほうはともかく、馬鹿力と申しましょうか、力だけは人並み以上にございますから、きっと楽々でございましょう」

そういえばこの男も口の悪さでは琢ノ介に引けを取らぬのだったな、と直之進は思いだした。

「琢ノ介は、そのばあさんをおんぶするためだけに雇われたのか」

「お小水やおしりの世話をすることになるかもしれないということでしたが、そちらは女中がおりますから、平川さまがなさることはまずありますまい」

「散歩は日に一度か」

「いいえ、あと夕方に一度」

「どのくらい歩くんだ」

「一度に、一里から二里とのことにございます」

「ほう、けっこうなものではないか。それをおんぶか」

直之進は顔をあげ、目の前のえらの張った顔に視線を当てた。

「賃銀はよいのか」

「ええ、悪くはありませんよ。一日に一分でございますから」

光右衛門があっさりといった。

ということは、四日で一両になる。きついだろうが、ここまでよい条件の仕事にはなかなかありつけるものではない。

「豕ノ介のやつ、いい仕事を見つけたものだな」

ええ、と光右衛門が深くうなずく。

「平川さまは鼻がきくと申しますか、そういう割のよい仕事が入ったとき、必ず一番に顔をだされますな。あれも一種の才にございましょう」

そういうものかもしれぬな、と直之進は思った。自分には、その手の才はほとんどない。

「そのばあさんの家は、なにをしているんだ。金持ちといったが」

「海苔屋でございます。江戸でも屈指の店にございますよ」

光右衛門が笑みを漏らす。

「なにがおかしいんだ」

「いえ、湯瀬さまのお顔に、それだけの大店ならばあさんのお守りをする者にこと欠くまい、と大きく書いてあるからにございます」

先ほど豕ノ介にも、似たようなことをいわれた。

「俺はそんなに思いが面に出るかな」

「ええ、まあ」

光右衛門が台所に顔を向ける。

「おきくのやつ、遅いな。まだでございますかな。――湯瀬さま、おなかのほうは大丈夫でございますか」

「うむ、平気だ」

すでに耐えがたいものになっているが、直之進は平然と答えた。このやせ我慢こそが侍の真骨頂だろう。

さようでございますか、と光右衛門がいった。

「そのおばあさんは、金を使うことが江戸のためと思っているのでございますよ」

「江戸のためとは」

「たかが、というと語弊がございますが、お守りに一分というのはかなりの大金でございます」

その通りだ、と直之進は相づちを打った。

「それだけのお金を払えば、もらったほうも貯めこむだけでなく、きっと使いましょう。一人が使うお金は微々たるものでも、大勢の者が同じようにすれば、かなりの額になります。そうすることで江戸にお金がまわり、景気もよくなってゆくという考えなのでございますよ」

「なるほど。政《まつりごと》のことまで思いをめぐらせているわけか。たいしたものだ」

「そのおばあさんは、お金は持っている者が使えばよいという考えでございまして、呉服屋などに行ったとき、いつも相当の散財をするそうにございます。自分が使うことで呉服屋のあるじが喜び、奉公人も喜び、呉服をつくった者も喜び、それを着る自分も喜ぶ。お金を使うことはいいことずくめ、功徳《くどく》だと常に口にしている由《よし》にございます」

「一理あるような気がするな」

「贅沢こそが、人々が幸せになる大きな手立てと常々申しているそうにございますよ」

　おきくが膳を持ってやってきた。

「遅くなって申しわけなく存じます」

　直之進の前に置いて、頭を下げる。

「謝ることはない。押しかけたのはこちらゆえ」

　納豆に豆腐の味噌汁、わかめの和え物、海苔、梅干しという献立である。それに、白いご飯。

「これはうまそうだ」

直之進は目を輝かせた。

「どうぞ、お召しあがりください」

光右衛門がうれしそうにうながす。

直之進は箸を取り、納豆をかき混ぜはじめた。それに醬油をかけ、ご飯にのせて、一気にかきこんだ。

咀嚼《そしゃく》すると、豆の持つ甘さがしっかり伝わり、じわりと口中に広がる。醬油の旨みと飯のおいしさが相まって、生きているのはいいことだなあ、と心から感じる。

こんなにおいしいものを食べられることに、感謝の思いで一杯になる。

結局、二度おかわりをして、直之進は朝餉を終えた。

「ふつか酔いはいかがにございますか」

光右衛門に問われ、直之進は頭を振ってみた。

「うむ、もう痛くない」

「それはようございました」

給仕していたおきくが顔をほころばせる。

不意に光右衛門が顔を引き締めた。

「ところで湯瀬さま。今、おきくとはどんな感じになっているんでございますか」

「いきなりなにをいいだすの」

おきくが驚いていう。

「船のなかで、なにかあったんじゃないのですか」

船のなかとは、直之進が沼里から江戸に向かう船でおきくと一緒だったことがあり、それを指している。

又太郎がかどわかされて、行き先は江戸から下総《しもうさ》に変わったが、途中、又太郎と琢ノ介たちの船が嵐に遭い、直之進たちも巻きこまれた。船は木っ端と化したように波に翻弄され、直之進は帆柱に結わえつけた綱を自分とおきくにしっかりと結びつけ、死ぬときは一緒と誓い合った。

嵐を無事に乗り切り、抜けるように青い空のもと、自らの腕のなかで赤子のように眠りこんでいるおきくの顔を見つめたときの感動は、今も忘れられない。

直之進は光右衛門をじっと見返した。

おきくを嫁にもらいたい、というのはたやすい。

しかし、ことはそう単純なものではないだろう。

光右衛門は、直之進に米田屋の跡を継いでほしいと思っている。

以前、光右衛門が病に臥《ふ》せったとき、これはほとんど仮病ではあったが、実際に直之進は口入屋の真似事をしている。

訪ねまわった得意先から求人の依頼をもらえたときの喜び、うれしさは今も心に残っている。

だが、自分はあるじ持ちの身である。主家を離れ、江戸で自由に暮らしていることから浪人のようだが、又太郎から三十石の禄を給されている。

それでも、心が広く、度量が大きい又太郎は、直之進が致仕《ちし》するのを許してくれるかもしれない。いや、新しい門出をきっと祝福してくれるにちがいなかった。

致仕であるならば禄を返上しなければならないが、又太郎のことだから、そのままでよい、といってくれるかもしれない。

もし侍であることをやめるのなら、直之進に三十石の禄を当てにする気はむろんない。又太郎が給するつもりでいても、返上して自らの逃げ道をふさぎ、町人として生きてゆくつもりでいる。

　おきくとこれからの一生をともにできるのなら、侍を捨てても悔いはない。それはいいきれる。

　だがしかし——。

　本当にそれでよいのか、という思いはどうしても残る。

　おきくがじっと見ているこどに、直之進は気づいた。

　笑みをつくり、なにかいおうとしたが、言葉が出てこない。

　光右衛門も黙りこんでいる。まずいことをきいてしまったか、という気持ちが表情に出ていた。

　足音が響き、おきくの双子の姉のおれんが顔を見せた。

「湯瀬さま、お客さまでございます」

　重い空気が一瞬で取り払われる。光右衛門が助かったという顔をした。

「俺に。どなたかな」

　おれんがちらりとおきくを見る。おきくがいぶかしげな顔をした。

「千勢さんにございます」

　直之進は目をみはった。どうしてここに千勢が訪ねてくるのか。

「会おう」

直之進は立ちあがった。おきくに、なんの心配もいらぬという思いをこめて、うなずきかけた。

佐之助のことが心をよぎる。

もしや、明け方の予感が当たったのではないか。

千勢が米田屋にこの俺を訪ねてくる。こんなことは、めったにない。

やはり、あの男になにかあったのではないだろうか。

二

そっと廊下に正座する。

やさしいあたたかみが、じんわりと足に伝わる。

ほうっ、と吐息が漏れた。

ああ、やっぱりいいなあ。

樺山富士太郎《かばやまふじたろう》は、この場所に正座するたび、うっとりとなる。

母の部屋の前の廊下だけ、桐材が使われている。

桐は軽く、火に強いこともあって、箪笥《たんす》などによく用いられるが、床板に使われることは滅多にない。

やわらかで傷がつきやすいのだ。それゆえ大工がいやがるときく。

しかし、古くなった床を替える際、ここのところだけは母が今は亡き父に強くいって、桐にしてもらったのである。

確かに引っかいたような傷がそこいらじゅうにあるが、このやわらかさを実感してみれば、あれは母のわがままなのではなく、思いやりであることに気づく。

この場所には数限りなく正座してきたが、桐に変わってから富士太郎の足は痛くないのだ。

「母上」

腰高障子に向かって呼びかける。

「はい、なんですか、富士太郎」

部屋のなかから、やや甲高い声が返ってくる。

「お加減はいかがです」

「昨日と変わりません」

「あけてもよろしいですか」

もちろんですよ、という声を耳にして富士太郎は腰高障子をそっと横に滑らせた。

部屋には、光が一杯に満ちている。南に向いた障子があけ放たれ、まばゆいほどの光が入りこんでいた。

線香のにおいが鼻をつく。

母は仏壇の前にいた。線香から一筋の煙が立ちのぼり、日の光を浴びてかすかに揺れながら薄まってゆく。天井に届く前に、煙は見えなくなる。

なんとなく、父の死んだ日のことが思い起こされた。

まだそんなに遠い日のことではない。一年ほど前にすぎない。

病がもとで隠居してすぐに父はこの部屋で死んだのだ。母と一緒に寝ていたが、早朝、はかなくなっていた。

母が朝餉の支度のために布団を出たとき、もう朝か、とどこか疲れたようにつぶやいたそうだ。

朝餉の支度を終えた母が、いつもなら起きてきている父の姿が居間に見えないことを不思議に思い、この部屋に呼びに来て、見つけたのである。

そのときの母の悲鳴は、今も富士太郎の脳裏に鮮明にとどまっている。

母の悲鳴を耳にして、富士太郎はあわてて駆けつけた。

それから先のことは、あまりよく覚えていない。

大勢の人が集まり、葬儀がはじまって、そして静かに終わった。

父は墓のなかの人となり、この屋敷から消えたのだ。

残されたのは、衣服や長脇差、十手など形見の品々と、仏壇に置かれた位牌だけだ。

その位牌を前に、ちーん、とおりんを母が鳴らした。澄んだ音が響き渡る。

富士太郎は目をつむって、じっときいた。心が洗われるだけでなく、体から悪いものが出てゆくような気がする。

「富士太郎、そこが気持ちのよいのはわかりますが、早くお入りなさい」

はい、と答えて富士太郎は膝行《しっこう》し、腰高障子を閉じた。

母に向き直る。

「腰の具合はいかがですか」

富士太郎は声をかけた。

母の田津《たづ》がゆっくりとこちらを向く。眉間のところが、わずかにきゅっと縦に盛りあがっている。

「お変わりないということですが、やはり痛いのですね」

「はい」

情けなさそうに田津がうなずく。眉間の盛りあがりがわずかに引っこんだ。

「ここまで動くのに、四半刻ばかり要しました」

寝床から仏壇まで、ほんの三尺ほどにすぎない。

富士太郎はやったことがないからわからないが、ぎっくり腰というのは、これほど重いものなのだ。

昨日、田津は朝餉の支度をしていて、漬物石を持ちあげようとした。そのとき腰をやってしまったのである。

「さようですか」

相づちを打ちながら顔をしかめかけたが、富士太郎は我慢し、すぐさま問うた。

「昨日、里樹《りじゅ》先生はいらしてくれたのですね」

町奉行所の組屋敷がある八丁堀近くに、診療所をひらいている女医者である。

若いが、最近では田津が最も頼りにしている医者で、腕のよさも八丁堀界隈ではよく知られている。

出仕《しゅっし》する前に富士太郎はあわてて診療所に駆けこんだが、里樹はちょうど急患を診《み》ている最中だった。富士太郎は母の具合を見に来てくれるように依頼して、その場をあとにするしかなかった。

「ええ、いらしてくれましたよ。午前にちゃんと」

本来なら昨夜、仕事から帰ってきたときにきくべき事柄だが、昨日の午後から夜のあいだ、富士太郎は中間の珠吉《たまきち》とともに、追い剝ぎを追いかけまわしていた。

二人して汗みどろになって江戸の町を駆けずりまわり、ようやくつかまえたとき、時刻はすでに六つをまわっていた。

あともう少しときがかかったら、おそらく逃がしていただろう。なにしろ江戸の町は、ほとんど闇に包みこまれようとしていたのだから。

屋敷に戻ってきたのは、五つ半に近かった。母はとうに就寝しており、様子をきくためにわざわざ起こすような真似は、富士太郎はしたくなかったし、できなかった。母は、痛む腰を必死になだめて眠りについたのだろうから。

「それで、里樹先生はなんと」

富士太郎は田津にたずねた。

「とにかく、安静にしているようにとのことです。それこそが、快復を早める唯一の手立てとのことです」

「だったら、無理に動いては駄目ではないですか」

「それはそうなのですが」

田津がうなだれる。

「でも毎日、こうして線香をあげているのに、今日に限ってあげないのでは、あの人が寂しがるだろうと思って」

「今日に限っていうことは、もしや昨日もあげたのですか」

「はい」

つぶやくような声で答える。

してしまったものを、今さら叱りつけても仕方ない。

「どのくらい安静にしていなければならぬのですか」

「最初の三日は、ずっと横になっていてくださいとのことです」

それがわかっていて、母は寝床から動いたのだ。父に対する気持ちが、はっきりと伝わってくる。

「母上、父上へのお線香はそれがしがあげますから、母上はお控えください。おわかりですか」

「はい」

「お風呂は」

「三、四日は控えるようにいわれました。症状をひどくさせるそうですから」

田津は憂鬱そうだ。大の風呂好きで、毎日入るのが当たり前になっているのだから、それも無理はない。

「きっと頭がかゆくなるでしょうね」

富士太郎自身、風邪を引いて三日のあいだ風呂に入れないことがあったが、頭はひどいかゆみに襲われた。

だが、ここは母には我慢してもらうしかなかった。

「安静にしていて、治るまでどのくらいかかると」

富士太郎は新たな問いを発した。

「二十日から一月《ひとつき》ばかりだそうです」

そんなに、という言葉を富士太郎はのみこんだ。

「それでしたら母上、誰か人を頼まなければいけませんね」

この屋敷には、今ほかに人はいない。以前は気心の知れた下女がいたが、世話する人がいて嫁に行った。

その後、なんとなく億劫なこともあり、人は入れていない。母はまださほどの歳ではないし、体も動く。

だが、それは甘い考えだったことを、富士太郎は昨日、思い知らされた。はなから人を入れていれば、田津がぎっくり腰になることもなかったのだ。富士太郎の心は後悔で一杯である。

昨日の仕事中、富士太郎は人に来てもらうことばかり考えていた。

昨日は、隣家の女房に田津の世話を頼んだ。こころよく受けてくれたが、毎日は無理だし、田津にしても、下《しも》の世話までしてもらうのはつらかったにちがいない。

しかし、人を入れるにしても、富士太郎に心当たりはない。

今日あたり、米田屋を訪ねて、気づかい、心配りのできる女を頼んでこようと思っていた。

「そのことについては、大丈夫です」

田津がはっきりといった。

「私にまかせておいてください」

富士太郎は目をみはった。

「母上、それはどういうことですか」

「言葉通りです」

「では、母上が人を探すということですか」

「もう探してあります。というより、もう頼んであります」

「えっ、そうなのですか」

はい、といって田津がにっこりと笑う。その顔はどこか童女のように見えた。

「どなたです」

「おまえも知っている人ですよ」

「えっ、まことですか。誰ですか」

「答えを教えるのは楽ですが、おまえも町方同心の端くれ、少しは考えてみるのがよろしいでしょう」

楽しげに田津がいった。

よし、母上のおっしゃるようにしよう、と富士太郎はしばし頭をひねったが、浮かんでくる名はまったくなかった。

「母上、降参です」

田津が苦い顔になる。

「富士太郎、あきらめが早すぎます。もっと考えなさい」

「でしたら、手がかりとなるようなものを教えてください」

「手がかりですか」

田津が視線を下に向ける。

「おまえが幼い頃からの知り合いですよ」

「女の人ですよね」

「さようですよ」

考えこむまでもなかった。一人の名が、泡のようにぽっかりと浮かんできた。どうしてすぐに出てこなかったのか、不思議でならない。

「智《とも》ちゃんですね」

田津がほほえむ。

「その通りです」

富士太郎は深く顎を引いた。

「智ちゃんなら人柄もよくわかっているし、すばらしいと思いますが、本当に来てくれるのですか」

なにしろ智代《ともよ》は、日本橋に店を構える呉服屋一色屋《いっしきや》の娘なのだ。一色屋は大店である。奉公人は五十人ではきかない。番頭だけで七、八人はいるのではないか。

いつも大勢の客でにぎわっている。しかも、品物のよさで知られているから、上客が多い。一日の売上は、いったいどのくらいになるものか。

三十俵二人扶持の薄給の身の上には、まったく想像がつかない。

智代は二人姉妹の姉である。一色屋の主人夫婦には男の子がいないから、店を継がせるのには、姉妹どちらかに婿を迎えなければならない。

「母上、本当に智ちゃんが来るといってくれたのですか」

「もちろんです」

「無理強いはしていませんね」

田津がきゅっと眉根を寄せた。

「当たり前です。富士太郎、滅多なことを申すと、箒《ほうき》を持ってきますよ」

箒では幼い頃から、よく尻をやられている。いたずらなどをしたとき田津は柄《え》のほうで容赦なく殴りつけるから、まともに尻に入ったときは跳びあがるほど痛い。

「いえ、けっこうです」

富士太郎は両手をあげた。

「失礼を申しあげました」

今の田津の状態では歩くどころか立ちあがるのも無理だから、箒を取ってくることなどできないのはわかっている。しかし、謝る姿勢を見せておかないと、母は意地でも持ってこようとする。

田津の眉間から、しわは消えた。

「それにしても母上、どうやって智ちゃんと話をつけたのですか。おみつさんに使いを頼んだのですか」

おみつとは、昨日、田津の世話をしてくれた隣家の女房である。

「ちがいます」

田津がきっぱりという。

「富士太郎、これも考えてみなさい」

「いえ、しかし、これから朝餉の支度もありますし」

「おまえのつくる朝餉など、食べられたものではありません。つくる必要は、ありませんよ」

「さようですか」

富士太郎はしゅんとした。

昨日の朝は、漬物抜きではあったが、田津がつくった食事を腹に入れて出仕した。今朝は自分がつくってみせると、張り切っていたのだ。富士太郎自身、包丁が得意であると思っていた。

いつか愛しの直之進のためにつくることができれば、とまで考えていたのだが、それがあっけなく打ち砕かれた。

「富士太郎、そんなにがっかりすることはありません」

田津がやさしい口調でいった。

「男の人が厨房に入ることなど、一生ないくらいでちょうどよいのですから」

「はい、それはわかるのですが、母上、おなかがお空きになったでしょうに」

「それも心配には及びません」

富士太郎は目を丸くした。

「智ちゃん、もうじき来てくれるのですか」

「さようですよ。いま六つ半くらいですか。でしたら、すぐにでもあのきれいな姿を見せてくれるはずですよ」

富士太郎は背筋を伸ばして、玄関のほうに顔を向けた。人の気配は今のところ感じられない。門はつい先刻、あけてきたばかりだ。

ところで、と田津がいった。

「富士太郎、先ほどの件ですが、私がどうやって智代さんにつなぎをつけたか、わかりましたか」

それですか、と富士太郎は母に顔を向けていった。

「使いを頼んだのではないのなら、向こうが来てくれたのではありませんか」

田津が満足そうに笑む。

「よくわかりましたね」

「考えてみれば、智ちゃん、ときおり顔を見せてくれますものね」

「はい、とてもよい娘さんです。屋敷に一人でいる私のことをいつも気にかけてくれるのです。足を運んでくれるのは、それだけが理由ではありませんけど」

「どんな理由ですか」

「富士太郎、わかりませんか」

「はあ」

「もっとよく考えなさい」

ぴしゃりといわれた。

「おまえにも関係していることですよ」

「それがしにですか」

富士太郎はぽかんとした。

「富士太郎、口を閉じなさい。侍として恥ずべきことですよ」

富士太郎はあわててそうした。

「智代さんね、本当は昨日来たとき、そのまま居残って私の面倒を見ますっていってくれたの。ですが私は、いったんうちに帰って、ちゃんとご両親に説明していらっしゃいっていってね。それに、智代さんの言葉だけでは足りないかもしれないから、私も文を書いてお渡ししたのです」

「そうだったのですか」

しかし、おいらに関係しているというのは、どういうことなのだろう。

考えようとしたとき、訪《おとな》いを入れる声がした。

「見えたようですね」

いちはやく田津がいった。

「富士太郎、早く行っておあげなさい」

「はい、ただいま」

富士太郎は立ちあがり、腰高障子を静かにあけた。

玄関に、橙色《だいだいいろ》の小袖をまとった娘が立っていた。

富士太郎を見て、目を輝かせた。ふっくらとした頬がぽっと赤らんでいる。

一瞬、智代ではなく、別の娘がいるのかと富士太郎は錯覚した。それだけ目の前の娘は大人びていた。

記憶のなかの智代とは、まったくといってよいほどに異なる。といっても、最後に見かけたのは半年ばかり前だろう。

あまりにじろじろと富士太郎が見るので、娘がはにかんだ。口の左に小さなえくぼができ、それが幼い頃の智代の顔とようやく重なった。

「智ちゃん、よく来たね」

富士太郎は式台から声をかけた。

「はい、ありがとうございます」

智代がはきはきという。

「久しぶりだねえ」

「はい、本当に。この半年、何度も足を運んだのですけど、富士太郎さんにはなかなかお会いできませんでした」

「ああ、そうだったらしいね。母上から智ちゃんがよく来てくれていたことはきいていいたんだよ。それにしても智ちゃん、ずいぶんと顔が赤いねえ。急いで来たのかい」

「いえ、そんなことはありません」

瓜実顔《うりざねがお》というのが、ぴったりくる輪郭をしている。

どんぐりのような形をした目は鳶色《とびいろ》を帯び、やさしげな光に彩られている。すっきりと通った鼻筋は聡明さに加え、どこかいじらしさを感じさせる。桃色の口元は憂いを覚えさせるが、ぷっくりとやわらかそうで、我を忘れて指で触れたくなってしまう。

濡れ羽色をした豊かな黒髪は、しっとりとつややかで、いかにも健やかだ。

しかし、それにしてもこの半年で急激に大人びたものだ。

「智ちゃん、元気そうだね」

いわれて、智代がにっこりする。

「富士太郎さんも」

「おいらは丈夫だけが取り柄だからね。これを取っちゃったら、なにも残らないから」

「そんなこと、ありません」

つぶやくようにいう。

「智ちゃん」

富士太郎は小さな声で呼びかけた。

「ねえ、本当にいいのかい」

「お母さまのことですね。もちろんです」

智代が胸を張って答える。

「私が来たからには、すべて、おまかせください」

「近いからまだいいけど、通うのもたいへんだよ」

智代が、くりっとした目をきょとんとさせる。

「えっ、しばらく私、こちらに住みこむんですよ」

「ええっ」

富士太郎はのけぞるほど驚いた。

「そ、そうなのかい」

「はい、お母さまとのお約束です。腰の具合がよくなるまでですよ」

富士太郎は戸惑った。

「おいらが一緒だけど、いいのかい」

智代が微笑する。

ああ、きれいだねえ、と富士太郎は知らず見とれた。

「大丈夫ですよ。それとも富士太郎さん、私になにかするんですか」

富士太郎は両手をぶるぶると振った。

「滅相《めっそう》もない。おいらは決してそんなことはしないよ」

「なら、平気じゃないですか」

「そ、そうだね」

「富士太郎さん、さっそくお母さまに会わせていただけますか」

智代を玄関にぽつんと立たせたままなのに、富士太郎は気づいた。

「うん、そうだったね」

富士太郎は智代を田津の部屋に案内した。

裾をそろえて正座した智代を目の当たりにした田津が、顔をほころばせる。

「智代さん、よく来てくださったわ。よろしくお願いしますね」

「はい、できる限りのことをさせていただきます。お母さま、お腰の具合はいかがですか」

昨日と変わらないことを、田津が告げる。すぐに言葉を続けた。

「ああ、智代さん、とりあえず私のことはかまいませんから、富士太郎のために朝餉をつくってあげてください」

「承知いたしました」

智代が笑顔で立ちあがる。裾がわずかにまくれあがり、真っ白で細い足首がちらりとのぞいた。

白い肌が目の前にちらつく。

富士太郎は、ぶるぶると馬のように頭を振った。

別のことを考えることにした。

うん、今朝の朝餉は抜群においしかったねえ。

歩を運びつつ、富士太郎は感嘆の思いを隠せない。

あんなに包丁が達者だったんだねえ。知らなかったよ。

特に味噌汁だ。あれだけうまいのは、久しぶりに飲んだ気がする。正直、田津のつくるものより上だろう。

いつあれだけの腕前を身につけるに至ったのか。

あんなに小さかった智ちゃんが、大きくなったんだねえ。

しかも女っぽくなっていた。女は急速に成長するときがあると耳にしたことがあるが、まさしく今の智代はそういう旬《しゅん》のときを迎えているのだろう。

でも、変わりすぎだねえ。あの足首はまぶしかったねえ。女の人の足首って、あそこまでなまめかしいんだねえ。

また思いがそこに戻ってきた。それだけ富士太郎は、女らしいまばゆさに驚かされたのだ。

娘には本当にそういうときがあるのだ。男の子も筋骨が一気にたくましくなるときがあるが、それは女も男も大人への階段を駆け足でのぼる時期ということなのだろう。

富士太郎は自分の腕に触れてみた。顔をしかめる。

太くかたくなっている。これでは、そこらあたりを歩いているほかの男と変わらないのではないか。

足をとめ、足首にも触れてみた。がっちりと骨太で、しかも筋張っている。なまめかしさのかけらも感じられない。

ああ、いやだよお。これじゃあ、まったく男そのものじゃないか。直之進さんにきらわれちまうよ。

顔も日に焼け、智代が持つような白さなど、望むべくもない。

いつしか、数寄屋橋御門内にある南町奉行所の大門が視野に入っていた。意外に近いところに見えている。

考え事をしていると、さすがにときがたつのが早い。

空は曇っている。薄雲で、太陽の形がうっすらと見えている。ほんわかとしたあたたかみに江戸の町は包まれていた。

大門は長屋門になっている。門をくぐり、長屋の入口になっているところを入ると、同心詰所に到る。

富士太郎はしばらく詰所で書類と向き合ってから、再び大門の下に出てきた。

いつの間にか雲が切れ、朝日が斜めに射しこんでいる。敷石に光が当たり、門内にはね返っていた。

陽射しの延びた一番先に、珠吉が立っていた。じかに日を浴びているわけではないが、顔が照り輝いている。富士太郎を見て、大きな声で挨拶してきた。

富士太郎は明るく返した。

「珠吉、待たせたかい」

「いえ、全然」

珠吉がにこやかに答える。

「あっしもいま来たところですよ」

「そいつはよかった」

富士太郎は、忠実な老中間の顔をさりげなく見た。

昨日はたいへんだった。午後は、ずっと追い剝ぎを追いかけまわしていたのだから。

珠吉は六十になった。二十の富士太郎とは、疲労の回復の仕方がちがうはずだ。

富士太郎自身、疲れが完全に取れたとは思えない。珠吉なら、なおさらだろう。

珠吉に、疲れは取れたかい、ときくのはたやすい。

珠吉は、もちろんですよ、と声高に答えるだろう。ぐっすり眠りましたからねえ、旦那みたいにぴんぴんですよ、というに決まっている。

珠吉の顔色は悪くない。疲れはむろん残っているのだろうが、今日の仕事に障《さわ》りがあるような感じはない。

「旦那、どうかしましたかい」

「うん、なにがだい」

「なにがって、あっしの顔をじっと見ているからですよ」

「見ていたかい」

珠吉が口元のしわを深めて、にっと笑う。

「疲れはありませんて。あっしは歳よりずっと若いんですから、なんの心配もいりませんよ」

「そうかい、そいつはよかった」

富士太郎は安堵の表情を浮かべた。

「それなら、仕事に出かけようかね」

「旦那、今日は」

「昨日、追い剝ぎはとっつかまえたからね、今日は町の見廻りだね」

富士太郎は珠吉をともなって、大門の下を出た。

「しかし、珠吉にはなんでも見抜かれちまうねえ。隠し事はできないねえ」

「当たり前ですよ。あっしは旦那のおしめを替えているんですよ。赤子の割に立派なおちんちんを、何度も拝ませてもらったんですから、見抜かれないと思うほうがおかしいんですよ」

富士太郎は首をひねった。

「おいらのちんちんと、気持ちや心を見抜かれるのは関係ないだろう」

「それだけ、つき合いが長いってことですよ。顔色一つで、旦那がなにを考えているか、わかりますから」

「そうだねえ。おいらは生まれたときから、珠吉に世話になっているんだねえ。ほんと、長いつき合いだねえ」

珠吉が無念そうにかぶりを振る。

「旦那のは、本当に立派なんですよ。それがどういうわけか、こんなになっちまって、あっしにはさっぱりわけがわからねえ。宝の持ち腐れってのは、旦那のようなことをいうんでしょうねえ」

「こんなになっちまって、というのはどういう意味だい」

「言葉通りの意味ですよ。あんな立派なのが全然使われねえなんて、まったく考えられねえ」

「立派だろうがなんだろうが、使えないものは仕方ないよねえ」

うしろから珠吉が富士太郎の顔をのぞきこんできた。

「旦那、女に目を向けましょうや。そうすれば、旦那のせがれもいい目を見るんですから。せがれもきっと、そういうのを望んでいるはずですよ」

女か、と富士太郎は思った。智代の白い足首がちらりと目の前を舞った。

「……でも、おいらは女には興味がないからねえ。直之進さん一筋だよ」

珠吉が、おやっという顔をする。

「いま一瞬、間があきましたね。旦那、もしや女がいいって思いはじめたんじゃありませんかい」

「そ、そんなことはないよ」

富士太郎はうろたえ気味に否定した。

「旦那、いったいなにをあわてているんですかい」

「別に、あわててなんかいないよ。今日、客人があったから、ちょっとそれを思いだしただけだよ」

「朝っぱらから客人ですかい」

「うん、珠吉も知っている人だよ」

「えっ、あっしも知っている人。さいですかい」

珠吉が少し考えこんだ。

「智代さんじゃありませんかい」

「ええっ」

富士太郎は跳びあがるほど驚いた。

「珠吉、なぜわかるんだい」

「そんなにむずかしいことじゃあ、ありませんや」

珠吉があっさりいう。

「昨日、旦那はお母上のことをずっと心配していましたね。誰か、世話をしてくれる人を頼まなきゃいけないともいっていましたね」

「うん、そうだね」

「でも、心当たりがないともいっていました。今日、米田屋さんを訪ねて人を頼むつもりでいるのは、あっしにもわかりました」

「そうかい。さすが珠吉だね」

「旦那は、ときおり智代さんが屋敷に来ているって、お母上からきいていると前にいっていましたね」

「ああ、そうだね」

「旦那は最後に会ったのが半年以上も前だから、智代さんのことはなかなか頭に浮かばなかったようだけれど、お母上はずっと親しくしていらして、おそらく昨日も智代さんはいつものようにお顔を見せたんじゃないんですかい。それで、お母上のぎっくり腰のことをきいてびっくりした智代さんは、本当なら昨日からというところを、今日からお母上のお世話をする約束をかわした。そういうことじゃないんですかい」

「珠吉、すごいねえ」

富士太郎は心の底からほめたたえた。

たいしたことじゃありませんて、と珠吉がいった。

「智代さんは、日本橋の界隈では小町と呼ばれるほど評判の美形ですよ。さっき、旦那の頭をよぎったのは、智代さんのことでしょう」

「うん、そうだよ。しばらく会わないうちにずいぶんときれいになっていてねえ、たまげちまったよ」

「娘さんというのは、化けるときがありますからねえ。正直いうと、智代さんのことは、あっしもこのあいだ見かけたばかりなんですよ。だから、智代さんじゃないかって、あっしはすぐさまいえたんです」

「それでも、珠吉はすごいよ」

「ありがとうございます。旦那にほめられると、うれしいですよ」

珠吉が頬に笑みをたたえる。

「智代さん、ちっちゃい頃は黒くて細っちかったのに、色が抜けて雪のように白くなっちまって、しかもつくべきところにちゃんと肉がついて、とんでもなく女っぽくなっていたから、あっしは年甲斐もなく、どきんとしちまいましたよ」

富士太郎の口から笑いが漏れ出る。

「珠吉の心の臓が躍りあがったんだね。そのまま鼓動がとまらなくて、よかったねえ」

珠吉が真顔でうなずく。

「それが大仰《おおぎょう》でないくらい、智代さん、きれいになっていましたねえ」

その後、縄張の小石川のほうへ出向く途中、日本橋堀江町一丁目に寄り、大きな暖簾をくぐった。

暖簾は一色屋と染め抜かれている。あたりに木の香りが濃く漂っているのは、一色屋が建て替えられて間もないからではなく、隣町が材木屋の多くかたまっている新材木町だからであろう。

富士太郎は智代の両親と会い、本当にいいのかい、と確かめた。

二人とも、いつもお世話になっている母上や樺山さまのためなら、と力強くいってくれた。

「粗相《そそう》の多い娘ですから、お母上に逆にご迷惑をおかけするのではないか、と手前どもが恐縮してしまうのですが」

智代の父親である順左衛門《じゅんざえもん》がていねいに頭を下げる。

「粗相が多いだなんて、そんなことはないよ。よく気づくし、包丁も達者だし、とてもいい娘さんだよ」

「樺山の旦那にそうおっしゃっていただけると、手前、涙が出るほどうれしゅうございます」

「そのお言葉を耳にしたら、娘は小躍りいたしましょう」

夫婦がそろって喜ぶ。

両親がいいというのだから、富士太郎としてもこれ以上、いうことはなかった。

一色屋を出た富士太郎は珠吉とともに、縄張を目指して歩きだした。

いつの間にか雲が厚くなり、陽射しはさえぎられていた。

涼しさを感じさせる風が、江戸の町を吹き渡っている。

三

雲をつかむような話としか、いいようがない。

あの男の身に本当になにかあったのか。

歩を進めながら、直之進は内心、うなり声をあげた。

あの男になにかあるなど、考えにくいことこの上ない。

しかし、先ほど米田屋を訪ねてきた千勢の話をきく限りでは、なにかあったとしか思えない。

さすがに毎日とはいわないまでも、ほとんど間を置くことなく千勢の長屋に顔を見せていた佐之助が、姿をあらわさなくなって、すでに十日たつという。

確かに、これは尋常ではない。

佐之助は、千勢に寄り添っていたいという強い気持ちを持っている。そればかりでなく、千勢が育てているお咲希《さき》に、娘のような思いを抱いている。

お咲希は九歳である。かわいい娘の顔を十日も見ずに平気でいられる父親は、そういないだろう。

佐之助は殺し屋をしているが、実際には子煩悩なのではないか。殺しを生業《なりわい》にしているといっても、千勢と知り合ってからは、その仕事もしていないようだ。

きっと、生まれ変わろうとしているのだろう。

もともと貧乏御家人の部屋住で、若い頃は剣で生きようとしていたらしい。それが兄の不始末で家が取り潰しになり、運命が変わった。殺し屋を選んだのは、おそらく友のためだったのだろう。友に引きずられる形で殺し屋をすることになったのだ。あの男には、そんな人のよさが感じられる。

そんな男が千勢になにも告げることなく、もう十日も姿をあらわさない。千勢のいうように、なにもないと考えるほうがおかしい。

しかも、佐之助は直之進の夢にあらわれた。琢ノ介も、あの男のことを気にしていた。

やはりこれは、なにかあったことを佐之助自ら直之進たちに告げようとしているのではないか。

琢ノ介があの男のことを気にかけているということは、沼里にいるあるじの又太郎も同じなのではないか。

ふむう、と直之進は眉をひそめた。

あの男、俺たちに助けを求めているのだろうか。

千勢も同じことを感じているのか。

米田屋にあらわれたときの、あの思い詰めた顔。

幽鬼のような青い色をしていた。多分、ろくに寝ていないにちがいない。

自分で佐之助を探しだそうと血眼になっていたのだ。

だが、力及ばなかった。

それで、やむにやまれず直之進の長屋を今日の早朝、訪ねた。

だが、直之進はおらず、千勢は米田屋まで足を延ばしたのだ。

千勢が訪ねてきたことを、おきくは気にしていた。

無理もない。どんな理由があるにしろ、直之進を妻が訪ねてきたのだから。

もっとも、佐之助を探してほしいという直之進への依頼をきいて、少しは気持ちが楽になったのではあるまいか。

千勢の気持ちがもはや直之進にはなく、佐之助に向けられているのが、はっきりわかっただろうから。

もっとも、もともと千勢は直之進をさして好いてはいなかった。沼里で一緒に暮らしたのはたったの一年、互いの気持ちはろくに通じていなかった。

祝言前から千勢には、ほかに好きな男がいた。その男を殺害したのが、江戸からやってきた殺し屋の佐之助だった。

千勢は男の仇を討つために沼里を飛びだし、江戸へやってきた。

直之進も千勢を追って、江戸に出てきた。千勢のことが恋しかったわけではなく、ただ、目の前から突然いなくなった理由を知りたかっただけだ。

おきくが気にしているのは、直之進の心だろう。

正直いえば、以前は千勢に未練がなかったわけではない。

だが、今はもう吹っ切れている。

いま直之進が想いを寄せているのは、おきくである。

だからといって、千勢に佐之助のことを頼まれて、断れるものではない。

佐之助には、又太郎や琢ノ介を救ってもらった恩がある。

もし佐之助が窮地に陥っていたら、助けだすことで、その恩を返さなければならない。

米田屋をあとにする前、佐之助の行方につながる手がかりがないか、直之進は千勢にたずねた。

佐之助は『ほうぶ』という言葉を口にしていたらしい。千勢と同様、直之進にはまったく見当がつかない。

地名だろうか。

土地の名とするなら、どういう漢字を当てるのか。

米田屋にきいてみたが、江戸にはそういう土地はないのではないかとのことだ。江戸以外でも耳にしたことがないという。

だとすると、人の名か。

それが最も考えやすいが、『ほうぶ』などという人の名があるものなのか。僧侶などにあるのかもしれない。あるいは修験者か。

『峰武』や『鵬撫』、『芳奉』か。

だが、どれもしっくりとこない。

はなから、漢字など当てないのかもしれない。

佐之助を探すにあたり、この『ほうぶ』という言葉を常に念頭に置いておけば、そのうち必ずぶつかるにちがいない。

直之進は道を歩き進んだ。

佐之助を探すのに、どこを当たればよいのか。

米田屋を出る前に、吟味してみた。闇雲に当たったところで、手がかりが得られるはずもない。

今のところ、直之進の頭にある目当ては一つしかなかった。

今はそこに向かっている最中である。

米田屋を出て、すでに一刻近くが経過している。

ようやく目当ての建物が見えてきた。ここに来るのはいつ以来か。

もう一年はたっていよう。もっとかもしれない。

沼里から姿を消した千勢の行方を探すために、ここ関口台町を訪れたのだ。

直之進は立ちどまって、あたりを見まわした。

町はどこかくすんでいる。

いっとき陽射しがあったものの、いま太陽は厚い雲に隠れている。

肌寒さを感じさせる風が道に箒をかけている。そのたびに土埃があがり、目に飛びこんでくる。

竹刀を打ち合う音と轟く気合、床板を強く踏む音が耳を打つ。

直之進は、そちらに向かって足を踏みだした。

連子窓《れんじまど》の前に立つ。

大勢の門人が竹刀を手に打ち合っている光景は、前と変わりない。

この道場で佐之助は稽古を繰り返し、腕をあげていったのだ。

この道場の門人が佐之助の行方に関し、知っているかどうか、わからない。千勢も数日前、この道場をすでに訪ねている。

そのときは、なんの手がかりも得られなかったそうだ。

自分が訪れても、結果は同じかもしれない。

だが、一縷《いちる》の望みを抱いて、直之進はここまでやってきた。

今のところ、この道場しか佐之助につながりそうなものは、心に浮かんでこない。

直之進は看板の前に立った。北山《きたやま》道場と大きく墨書されている。

背後には武家屋敷が建っている。記憶が確かなら、上総《かずさ》久留里《くるり》で三万石を領する黒田家の中屋敷である。

大きくあけ放たれた入口を入り、直之進は土間から訪いを入れた。

二十数えるあいだほど待った。若い門人が出てきた。

直之進は名乗り、倉田佐之助のことを知っている人物と話をしたいと告げた。

若い門人は、佐之助の名をきいたことはなかったようだ。しばらくお待ちください、と礼儀正しくいって、直之進の前から姿を消した。

波が十度打ち寄せるほどのときを置いて、門人は戻ってきた。一人の年輩の男をともなっている。

男が直之進の前に立ち、名乗った。君津《きみつ》虎乃介《とらのすけ》という勇ましい名だった。どうやら侍のようだ。

この道場の近辺には、御家人が多く住まっている。

虎乃介もそういう者の一人で、佐之助と同様に部屋住かもしれない。

とにかく、この道場ではかなりの古株だそうで、虎乃介は佐之助のことを知っているとのことだ。

「ここまででよい。あとは、わしが話をきくゆえ」

虎乃介がいって、若い門人を引き下がらせる。

直之進は、道場内の右手にある納戸《なんど》のような部屋にいざなわれた。

六畳ほどの部屋は暗く、汗臭かった。虎乃介が行灯《あんどん》をともす。

部屋は、夕闇ほどの明るさにほんのりと包まれた。なにも置かれておらず、床板と板壁だけが明かりに浮きあがる。

直之進は、虎乃介と膝つき合わせるようにして座った。

「湯瀬どのといわれたか、どうしてあの男のことを知りたいのでござるかな」

虎乃介が顔を突きだして、きいてきた。わずかに汗がにおう。

どこまでいえばいいものか、直之進はしばし考えた。

その前に虎乃介が言葉を継いだ。

「ほんの数日前も、一人のおなごが佐之助のことをききたいと、当道場にまいったと、きき及んでおる。まさかあの男の身に、なにか起きたのではあるまいな」

この男に千勢は会っていない。もしかすると、新しい事実をききだせるかもしれなかった。

「それはまだわかりませぬ」

高ぶる気持ちを抑え、直之進は虎乃介にいった。

「ここしばらく姿を見ぬゆえ、探してほしいと頼まれたのです」

「誰に」

直之進は微笑した。

「それはご勘弁ください」

「さようか」

虎乃介が見つめてきた。

「湯瀬どのは、人を探しだすことを生業にされているのか。そういう職の者がいると耳にしたことはあるのだが」

直之進はやんわりとかぶりを振った。

「それがしは、ただの浪人にすぎませぬ。人探しを生業にはしておりませぬ」

「では、篤志《とくし》の心から倉田を探しておられるのか」

「篤志ゆえではありませぬ。義理を果たさねばならぬのです」

「ほう、義理でござるか」

直之進は咳払いをした。

「君津どのは、佐之助と親しかったのでござろうか」

「倉田が道場にいたときは、とても親しくしてもらったものにござる。無口ではあったが、気持ちのよい男だったゆえ、それがしから誘っては、よく稽古を一緒にやりもうした」

気恥ずかしそうに、虎乃介が頭のうしろをがりがりかく。

「と申しても、腕があまりにちがいすぎたゆえ、それがしはやられる一方にござったよ。それがしは、倉田にまったく歯が立たなかった」

むしろすがすがしい口調で虎乃介がいう。頰がゆるんでいる。

「湯瀬どのもご存じか」

「ええ」

佐之助とは真剣でやり合った。まさに死闘といえるものだった。

直之進はかろうじて佐之助を退けたが、自身も傷だらけになった。

自力では動けず、しばらく医者の厄介になったものだ。

「あの男と竹刀を打ち合ったことがあるのでござるな」

虎乃介が確かめるようにいった。

「いえ、竹刀はありませぬ」

「ほう。それなのに、倉田の腕を知っておられるのでござるか」

「打ち合わずとも、見ればわかります」

さようか、と虎乃介が納得したようにいった。

「湯瀬どのも、物腰を拝見する限り、相当できそうなお方にござるものな」

直之進を値踏みするような目で見る。

「湯瀬どのと倉田、いったいどちらが強うござるのかな」

直之進は微笑を返した。

「さあ」

「とにかく湯瀬どのは、倉田に伍《ご》するだけの力量の持ち主なのでござるな」

虎乃介がほれぼれとした目で見る。

「ふむ、湯瀬どのはなかなかの遣い手に相違ござらん。一見、優男《やさおとこ》で、そうは見えぬところがすばらしい。もっとも、倉田も優男にござったな」

虎乃介が自らの唇に湿りをくれる。

「あの男の剣には、裏がまったくなかった。だから、稽古をしていて、実に楽しかった。今、この道場にそのような者は一人としておらぬ。倉田がいた頃がなつかしい。いや、恋しゅうござる」

不意に虎乃介が声を低くする。

「あんなことがなければ、倉田の運命もちがったものになっていただろうに」

慨嘆するようにいった。

「あんなこととは」

知っていたが、直之進はあえてきいた。

「ご存じではなかったか。昔のことを話すのはちと気が引けるが」

虎乃介は、佐之助の兄の不祥事で、倉田家が取り潰しになったことを、声をひそめて語った。

佐之助の兄がなにをしでかしたのか、そこまではしゃべらなかった。

実際には、武家に押しこみ、金を奪おうとしたのだ。それでとらえられ、倉田家は改易になったのである。

「実は、番所の者が倉田のことを調べに当道場にやってきたことがありもうす。あの男がなにをしたのか、教えてはもらえなんだが、探索の厳しさからして、相当のことをしてのけたのは、紛れもないこと。あの倉田が犯罪に走ったなど、それがしは信じられぬ思いにござった」

殺し屋となった佐之助を追ってこの道場を調べに来たのは、まちがいなく富士太郎と珠吉だろう。ほかにも、町奉行所の者が姿を見せたことがあるのかもしれない。

虎乃介が直之進に強い視線を当てる。

「あの男がなにゆえ番所の者に追われていたか、湯瀬どのはご存じか」

「いえ」

直之進は言葉少なに答えた。佐之助は殺し屋をやめようとしている。直之進のなかで、ここで本当のことをいってもはじまらないという気持ちが働いた。

「さようか」

虎乃介は少し残念そうだ。

ところで、と直之進はいった。こちらからきく番だ。

「君津どのは、『ほうぶ』という言葉に心当たりはござらぬか」

虎乃介が眉をひそめる。

「『ほうぶ』にござるか。それはどんな字を当てるのでござろう」

「それがわかっておりませぬ」

虎乃介が首をひねる。

「それがしは初耳にござる。その『ほうぶ』という言葉が、倉田の行方に関係しているのでござるか」

「関係しているのか、はっきりとはわかりませぬが」

直之進は前置きしていった。

「佐之助が姿を消す直前に、口にしていたようです」

そういうことにござるか、と虎乃介がいった。顔をしかめる。

「人の名でも地名でもないような感じにござるな。『ほうぶ』というのがなにを指しているのか、それがしにはまったくわかりもうさぬ」

直之進は、虎乃介にわずかに顔を近づけた。それを合図にしたように行灯の炎が揺れ、ちち、と音を立てた。

黒い煙があがり、低い天井に吸いこまれていった。

「こちらの道場に、ご存じの方はいらっしゃらないでしょうか」

直之進は虎乃介にただした。

「さようにござるな。どれ、ちときいてまいりましょう」

虎乃介が気軽にいって立ちあがり、板戸をあけた。

途端に、道場の喧噪が部屋に流れこんできた。それまでも板戸を通じて稽古の音や声はきこえてきていたが、それとはくらべものにならない。

虎乃介が板戸を閉める。また喧噪が遠ざかった。

行灯から三度ばかり黒い煙があがったあと、板戸が再び横に滑らされた。

虎乃介が顔をのぞかせ、道場の喧噪とともに入ってきた。直之進の前に、どっかと腰をおろす。

「お待たせした。申しわけない、『ほうぶ』という言葉に心当たりがある者は一人もおらなんだ」

予期していたことだ。落胆はなかった。

直之進は顎をあげた。

「きき遅れましたが、君津どのは、佐之助の行方に心当たりはありませぬか」

虎乃介が眉根を寄せ、むずかしい顔つきになった。

「いや、ござらぬ。あの男が道場をやめてから、一度も会っておらぬゆえ」

さようか、と直之進はいった。

「ほかの者にもきいてみましょう」

また虎乃介が立ちあがり、部屋を出ていった。

今度はなかなか戻ってこなかった。

板戸がまたあいたのは、四半刻近く経過したのちだった。今度は、道場の喧噪は流れこんでこなかった。午前の門人たちの稽古は終わったようだ。

虎乃介はすまなげな表情をしている。静かに座り、背筋を伸ばした。

「しつこいほどきいたのだが、倉田の消息を知っている者に行き当たらなんだ。ただ、稽古を終えて帰宅しようとした門人の話では、十日ばかり前、後ろ姿のよく似た男が北に向かって歩いていくのを見かけたことがあったというのだが、どうもいうことが曖昧で当てにならぬ。申しわけない」

「とんでもない。君津どののお力添え、心より感謝します」

直之進は深々と頭を下げた。

「先刻も申したが、倉田は気持ちのよい男でござる。いくら家が取り潰しの憂き目に遭ったといっても、いったいどうして番所の者に追われるような羽目になったのか、それがしには不思議でなりませぬ」

直之進はうなずいた。

「湯瀬どのはきっと倉田を見つけだすに相違ない。まさかとは思うが、やつをとらえるおつもりではあるまいな」

直之進は穏やかに首を左右に振った。

「それがしは、番所の意を受けて動いているわけではござらぬ。君津どのと同様に、倉田佐之助を慕う者がおり、その者に頼まれもうした」

「どうやらおなごでござるな」

直之進は微笑で返した。

「よいおなごにござるか」

「もちろん」

虎乃介が商人のように両手をこすり合わせ、にこりとする。

「あの男にも、いま一度、好きなおなごができたか。よかった」

安堵の色を面に浮かべる。虎乃介は、以前、佐之助に晴奈《はるな》という想い人がいたことを知っているのだろう。

「倉田に会ったそのときは、君津虎乃介が、また一緒に稽古をしたがっていたと、お伝えくだされ」

「承知しました。必ず伝えます」

直之進は虎乃介によくよく礼をいってから、北山道場をあとにした。

すがすがしい気分が、全身を絹のように包みこんでいる。

佐之助が道場の者に好かれていたのがあらためてわかり、やはりそうであったか、という思いが心をあたたかく浸してゆく。

虎乃介がいっていたように、この分ならきっと佐之助を見つけだすことができるにちがいない。

# 第二章

## 一

轟音が響き、板壁がびりりと音を発して、かすかに揺れた。
地震か。
倉田佐之助は一瞬、思ったが、すぐに顔をしかめた。
いや、ちがう。
あの日も雷が鳴っていたことを思いだした。
その上、首筋に痛みがある。
横になっているあいだはいいが、少しでも動くと、しびれたような痛みが走る。
顎にも小さな傷がある。これは、すでにかさぶたが取れそうになっている。

それにしても、佐之助は悔しくてならない。床に拳を叩きつけたくなる。拳を痛めるほうが怖いので、そんな真似は決してしないが、地団駄を踏みたい気持ちというのは、こういうのをいうのだろう。悔しさは日がたつにつれ、だんだんと強いものになってゆく。

俺としたことが、と思う。油断以外のなにものでもない。

佐之助はゆっくりと起きあがった。首はかすかに痛んだが、顔をしかめるほどではない。

また大音《だいおん》が轟き渡った。激しく屋根を叩く音もしはじめた。桶を続けざまにひっくり返したような雨で、雨音の間がほとんどない。

木々がきしむような音も耳に届きだしている。

外はすさまじい雷と雨、風に見舞われているようだ。

この建物は隙間がなく、窓も一つとして設けられていないから、稲妻の光が忍びこんでくることはない。

常に暗さが漂っている。

夜目《よめ》が利くから、佐之助にはこの暗さは関係ない。

それにしても、狭い。広さは三畳くらいしかないだろう。

三方が板壁で、正面が牢屋格子になっている。六尺ばかりの高さの天井にも、厚い板が張られていた。

壁も天井も板は厚みがある。おそらく優に一寸ほどはあるはずだ。金のかかった板が用いられている。

格子は骨太というい方が正しいのかどうか、とにかくがっちりとした角材が使われている。

格子を握り締めて、ぎしぎしいわせようとしても、びくともしない。

むろん得物《えもの》も取りあげられているから、格子を切ることもできない。

この格子を壊すのは、まずできることではない。力自慢の力士でも無理だろう。

それは板壁も同じだろう。人の力で破れるものではない。

どうやっても、ここから逃げだせるものではなかった。

激しかった雷が遠ざかってゆく。雨も小降りになったようだ。風もやみつつあるようで、木々のきしみはきこえなくなった。

腹が減っている。

食事をよこせ、と怒鳴りたくなる。空腹になると、人というのは怒りっぽくなる。

食事は日に一度、必ず与えられている。今日を含め、これまで八度の食事が運ばれてきた。ここに閉じこめられて、今日が九日目ということだ。

食事は、五分づきの米の飯が一膳に、少しだけだしのきいた具のない味噌汁、それにたくあんが二きれのみだ。

この食事が日に一度きりだから、腹が減らないほうがおかしい。ここに入れられてから、すでにだいぶ体の力が落ちてきている。

人というのは、粗食ではなく、滋養になるものをしっかりと食べないと駄目なのだ。

くそっ。

佐之助はうなり声をあげた。

どうしてこんなことになったのか。

あまりの愚かさに、おのれを殴りつけたい。

だが、そんなことをしても、さらに力が失せるだけだろう。

冷静になれ、と自分にいいきかせた。ここで腸《はらわた》を煮えくりかえらせても、いいことは一つもない。

いったいなにがどうしてこうなったのか。佐之助は心のなかをのぞきこみ、振り返ってみた。

九日前の昼、蕎麦屋の座敷に座りこんで盛りをすすりあげているとき、一人の男が不意に横にやってきたのが発端だった。

「倉田佐之助さまですね」

男はいきなり押し殺した声で、呼びかけてきた。

「仕事をお願いしたいのですが」

口中の蕎麦切りを噴きだすようなことはむろんなく、佐之助は隣に座りこんだ男を冷静に見た。

歳は三十をいくつかすぎ、福々しい顔をしていた。一見、商人風に見えた。

ふっくらとした頬、柔和そうに垂れ下がった目、大きくてたっぷりとした耳たぶ、どっしりとあぐらをかいた鼻。

いずれを取っても、人のよさがはっきりとうかがえた。

着ているものも絹であり、一目で上質なものであるのがわかった。

「人ちがいだ」

佐之助は冷たくいい、蕎麦切りを再び手繰った。

男が目尻に浅いしわを刻んで、ほほえんでみせる。

「それはございません」

にこやかに否定した。

「あなたさまは、倉田佐之助さまにございます」

佐之助はすっくと立ちあがり、腰に刀を帯びた。

今日は浪人の格好をしている。

刀は、以前、直之進からもらったものである。

代を小女に払った。暖簾を払って店を出た。

男がついてくる。

「お残しになりましたね。まずかったのですか」

佐之助は無言で歩いた。

「そんなことはございませんね。あの蕎麦屋は、倉田さまのご贔屓《ひいき》にされている
お店ですから」

佐之助は振り向きかけたが、腹に力をこめて我慢した。

「どうして手前が存じているか、それはもはや申すまでもございませんでしょう。倉田さまのことを、調べさせていただいたからにございます」

しかも、相当のときをかけて、じっくりとやっている。

いったい何者なのか。

この分では、隠れ家も知られているかもしれない。

佐之助は、江戸に五つの隠れ家を持っている。

だが、ここ最近は、一軒の家しか使っていなかった。

油断でしかない。

千勢やお咲希と一緒にすごす時間が、ひじょうに長くなっている。それゆえ、気がゆるんだのであろう。

佐之助はくっと唇を嚙み締めた。

うしろから、男がのんびりとした口調でいう。

「倉田さま、そんなに悔しそうにされることはございません。もうおわかりと存じますが、手前どもは金とときをたっぷりと使って、倉田さまのことを調べさせていただきました。相手が誰であろうと、丸裸にすることはたやすいものにございますよ」

佐之助は立ちどまった。くるりと振り向き、男を見つめる。背が佐之助よりだいぶ低く、見おろす格好になった。

「では、俺が紛れもなく倉田佐之助であるという自信があるのだな」

男が佐之助を見つめ返す。瞳に余裕の色があった。

「はい、ございます」

「来い」

佐之助は、すたすたと歩きだした。男は恐れ気《げ》もなく、ほんの半間ほどうしろをついてくる。

佐之助は路地に入りこんだ。小さな二つの寺に、はさまれた暗い路地だ。

両側を、半丈ほどの高さしかない塀が続いている。

佐之助からは、塀越しに二つの境内の様子が眺められた。

どちらの寺も似たようなものだ。本堂と庫裏《くり》、鐘楼が建ち、木々が深い。人けはほとんどなく、静けさが覆っている。

視野の端に男の姿が入っている。

男の背丈は塀と同じくらいしかない。

刀など帯びていないし、懐に匕首をのんでいるようにも見えない。

身ごなしも、すばやそうには思えない。

町人そのもので、仮に刀を持っていたにしても、遣えそうもないのに、どうしてこれだけ堂々としていられるのか。

温厚そうな表情で、佐之助のほうをじっと見ている。

佐之助は立ちどまり、体を返した。まともに目が合った。

男がにこにこする。

「きさま、名は」

「六輔《ろくすけ》と申します」

「何者だ」

「あるお方の使いにございます」

「あるお方というのは」

六輔がにっと口の端をゆるませた。

「それはまだ秘密にございます」

佐之助は手を伸ばし、六輔の襟首をつかんだ。

「申せ」

「い、いえません」

「くびり殺すぞ」

佐之助は実際、首にかかった手に力をこめた。

六輔の顔が急速に赤くなってゆく。

しかし、六輔は苦しそうにしていない。目を閉じた顔はむしろ安らかだ。

「きさま、死ぬのが怖くないのか」

佐之助は力をわずかに抜いた。

「怖《こお》うございます」

目をあけていった。

「そんな感じはまったくせぬぞ」

「ほ、本当に怖うございます」

「よし、試してみよう」

佐之助は腕に力を入れた。覚悟を決めたように六輔が目を閉じる。

佐之助は力をこめ続けた。

六輔はまったくあらがわない。されるがままになっている。

あともう一瞬、絞め続けていたら、六輔の首の骨は確実に折れていただろう。

そこまで見極めて、佐之助は六輔から手を離した。

どすんと尻を地面に落とした。急に息が通って、六輔が背を丸めて咳きこむ。右側の寺の向こう側で、犬が遠吠えをはじめた。その声がやむと同時に、六輔の咳がおさまった。

「おまえ、本当に死ぬ気だったな」

佐之助は静かにたずねた。

六輔がそっと顔をあげた。生きているのが不思議そうにあたりを見まわす。顎をゆるゆると動かして、佐之助に視線を当てた。

「は、はい」

座りこんだままいった。

「どうしてそこまでする」

「死ぬ気で、依頼にまいったからにございます」

佐之助は、地面に尻を預けている男を凝視した。

それで六輔が身を固くするようなことはない。やはり度胸が据わっている。

「俺は殺し屋ではないぞ」

六輔は黙りこんでいる。承伏《しょうふく》できないという表情だ。

佐之助はまた襟首をつかみ、六輔を立ちあがらせた。

「よいか。俺は殺し屋などではない。人ちがいだ。わかったか」

「いえ、わかりません」

しつこいやつだ。

「いったいどこの誰が、俺が殺し屋だなどという偽のねたを流した」

「誰も流していません。手前が調べあげたのでございます」

「どうやって」

「八方、手を尽くし、最高の腕を持つ者を雇おうと思っていました。それで、倉田さまが引っかかってきたのでございます」

佐之助は六輔をねめつけた。

「誰を殺そうというのだ」

六輔の目に喜びの光が宿る。

「引き受けていただけますか」

佐之助は冷笑した。

「俺は殺し屋ではない」

「では、駄目なのですか」

「駄目もなにもない。人ちがいだ」

佐之助は六輔を突き放した。同時に、さっさと背を向けた。

風に吹かれて歩きだす。向かったのは路地の奥だ。

六輔は、今度はついてこなかった。その場にとどまっている。

佐之助がさりげなく見たところ、その姿はちんまりとした地蔵のようだった。

「ほうぶというものをご存じですか」

佐之助が五間ばかり進んだとき、よく通る声で六輔がいった。

「なんだ、それは」

佐之助は背中でいった。

「ご存じありませんか。それなら、よいのでございます。倉田さまにお引き受けいただくための最善の手立てを、これからじっくりと考えることにいたしましょう」

宣するようにいって、六輔がくるりときびすを返す。佐之助と反対の方向へ、きびきびと歩を進めてゆく。

佐之助はきこえないふりで、そのまま路地を歩いた。

気配で六輔が路地を出ていったのが、知れた。左手に折れていた。

佐之助は体をひるがえすや、だっと地面を蹴った。土埃が舞いあがり、背後に流れてゆく。

路地の出口まで走った佐之助は寺の塀にぴたりと身を寄せ、顔を半分のぞかせて、道をうかがった。

むっ。

眉根を寄せた。

まだほんの三間先しか歩いていないはずの六輔の姿が見えない。

やられたな。

佐之助は塀から背中を引きはがし、再び路地を歩きだした。

つけてくる者の気配がないか、探ってみたが、感じるものはなかった。

佐之助はその足で、最近つかっていなかった別の隠れ家に向かった。むろん、こちらに視線を向けている者がいないか、これまで以上に用心した。

誰一人として様子をうかがっているような者はいなかった。

それを確信してから、佐之助は隠れ家に入りこんだ。

池袋村にある隠れ家である。ここに来たのは本当に久しぶりだ。

なかは片づいている。埃もさほど積もっていない。

家財はほとんどない。家といっても、小屋のようなものだ。

土間に、囲炉裏が切られた八畳の板間があるだけだ。

まわりは田畑と林ばかりである。百姓家で最も近いのは、三町ほど離れている。狸や猿、猪といった獣の気配のほうが、人よりずっと濃い。

佐之助は、直之進からもらった刀を板の上にていねいに置いた。腕枕をして寝転がる。

千勢やお咲希の笑顔が目の前に躍る。

会いたい。

二人を思い浮かべるだけで、幸せな気持ちになる。

佐之助は、はっとした。上体を起こす。

まさかあの二人のことも、あやつに知られているのではあるまいな。

毎日とまではいわないものの、千勢の長屋には繁く足を運んでいる。

ここ最近の気のゆるみようからして、長屋にいたときも見られていたことに気づかなかったというのは、十分に考えられる。

あの油断ならない男が、知らぬはずがなかった。

佐之助に仕事を依頼するための最善の手立てというのも、気になる。

もっとも、六輔が二人に危害を加えるというのは考えにくい。二人が佐之助の大事な者たちであるのは、もちろん解《かい》しているだろうから。

しかし、気になる。心に黒雲がかかってきた。

最初はしみほどの大きさだったものが、どんどん大きくなり、今や全身をすっぽりと覆い尽くしている。

いても立ってもいられない。こうしてはいられなかった。二人の様子を見に行かなければならない。

刻限は、まだ八つになったかならないかくらいだろう。

立ちあがろうとしたとき、どこからか鐘の音が響いてきた。捨て鐘が三つ鳴らされ、そのあと八つ、打たれた。

板の上から刀を取りあげ、腰に差す。芯が一本、通った気分になる。

侍というものが、いまだに体から抜けていないことを思い知らされる。

戸をあける前に、外の気配をじっくりとうかがった。

癇《かん》に障る気配は、感じられない。それでも、風が三度ばかり戸を叩いてゆくまで、じっとしていた。

これなら大丈夫だろう、と判断し、佐之助は戸を横に滑らせた。

冷たさを覚えさせる風が、押されたように吹きこんできた。

佐之助は肌寒さを感じ、身震いした。体が弱ったような気がし、顔をしかめる。

遠雷がきこえてきた。

西の空に、灰色の雲がわいている。灰色より黒のほうが濃くなりつつあり、厚みも増している。

それが、どんどん江戸のほうに近づいてきていた。

どうやら一雨きそうだ。雲の下のほうが煙っているのは、すでに降りはじめているからだろう。

佐之助は蓑《みの》を着こんだ。雨が降るのなら、刀に柄袋《つかぶくろ》をかぶせたいところだ。直之進からもらった刀は、柄が鮫皮になっている。水に濡れると、鮫皮はぶよぶよになってしまう。

それを避けるために柄袋は用いられる。

だが、柄袋をしていると、非常の際、刀を即座に抜けなくなる。刀は武士の魂というが、柄袋のために命を失うような無様な真似はしたくない。

貧乏御家人の部屋住だった頃は、ときおり柄袋を使ったものだ。あの当時は、世間のことなどろくに知らない、ただの小せがれにすぎなかった。

だが、今はちがう。この世を生き抜くための知恵もついた。

戸に錠をおろし、あかないことを確かめてから佐之助は隠れ家を離れた。

この程度の錠をおろしたからといって、家を守れるとは思えない。

もっとも、錠を破られたからといって、家には身元がわかるようなものは一切、置いていない。

この家に倉田佐之助がいたという確かな痕跡を見つけるのは、ほとんど無理といってよかろう。

村人のなかには顔を覚えた者もいるだろうが、それはたいしたことではない。

仮に、町奉行所の者がこの家が佐之助の隠れ家であると知って急襲したところで、そのときには、さっさとこの家をあとにしているはずだからだ。

家を出た佐之助が十歩、行ったかどうかのときだ。再び肌寒さを覚えた。

なにかいやな予感がする。炎でちろちろと背中をあぶられているような、落ち着かない気分だ。

佐之助は立ちどまった。立ちどまらざるを得なかった。

このまま進めば、必ずよくないことが起きよう。

そのことを佐之助は肌で感じた。

ちらりと振り向く。

出てきたばかりの家が目に入る。戻ったほうがよい。そんな気がした。

佐之助は体を返し、その気持ちに素直にしたがおうとした。

だが、その前にぷんと焦げ臭さが鼻をついた。

このにおいは、これまで何度か嗅いだことがある。

鉄砲だ。

まちがいない。

背筋がぞっとした。

——狙われている。

覚った佐之助は駆けだした。

どこから狙っているのか。

半町ほど離れた左手に、松の大木が立っている。そこか。

一町ばかり右側の、やや小高くなっている場所に小さな社《やしろ》がある。

村の鎮守とまではいわないが、池袋村の村人の信仰を集めている社だ。その屋根の上かもしれなかった。

あるいはその両方か。

六輔の顔が浮かぶ。にやにや笑ってこちらを見ていた。人のよさそうな顔に、隠された狡猾さ。あの男なら、二人の鉄砲放ちを用意していても、おかしくない。

この俺に近づいてきたのは、倉田佐之助でまちがいないと、確かめるためだったのではないか。

――誰を殺す。

あの男にそうたずねた時点で、倉田佐之助であると認めたも同然だった。

鉄砲から逃れるためには、盾になるものが必要だった。このあたりに、その手のものはない。

家しかなかった。

近くで轟音が響いた。鉄砲ではなく、雷が近くに落ちたのだ。

それでも背中がひやりとした。

佐之助は姿勢を低くして走った。家はなかなか近づいてこない。

これはおびえている証だろう。情けなくてならない。

たかが鉄砲ごときものが、こんなに恐ろしく思えるなど。

倉田佐之助という男は、いつからこんな弱い男に成り下がったのか。

また大音が轟いた。今度はまちがいなく鉄砲だった。

猛然と風を切る音が、頭のうしろを抜けていった。

佐之助は知らず首を縮めた。

間髪容《い》れず、別の鉄砲が鳴った。ぼわっと小さな火の玉がふくれあがったのが視野の右側に入った。

足元の石がはねあがった。

なにかが顎に当たった。砕かれた石の破片だろう。

痛みは感じなかったが、血が糸を引くようにしたたった。

ずいぶんとゆっくりとした動きだ。地面に血が落ち、小さなしみをつくったのがはっきりと見えた。

次の鉄砲の玉が飛来する前に、ようやく家の陰に走りこめた。

息をつくつもりはない。二人の鉄砲放ちをとらえなければならない。

佐之助は刀に手を置き、いつでも引き抜ける態勢を取った。

一挺は、社の屋根でまちがいない。もう一挺がどこか。

松の大木から、という感じはしなかった。もっと東側のような気がした。

佐之助は家の陰から顔をのぞかせた。

間髪容れず、また鉄砲が鳴った。やはり社からだ。

鬢《びん》をかすめるように、鉄砲の玉が背後に抜けていった。立木に当たり、幹がびしっと音を立てた。

鉄砲が放たれた場所に白と灰色の混ざった煙が盛大にあがり、それが薄まりながら風に流されてゆく。

相当、腕のよい放ち手だ。腕だけでなく、目もいい。

六輔の顔が、またも脳裏に映りこんだ。薄ら笑いを浮かべている。

あの男に、目にものを見せてやらなければならない。

しかし、迂闊《うかつ》には動けない。もう一人がどこで鉄砲を構えているのか、見極めなければならない。

松の大木でないのなら、その右側の手前に立つ、背のやや低い欅《けやき》かもしれなかった。

誘わなければ鉄砲を放ってこないだろう。

雷が鳴り、稲妻が空を切り裂いた。

それを合図に、佐之助は家の陰から飛びだそうとした。

見えない手にがっちりとつかまれたように、足がとまった。

どうしてとまったのか。

背後に気配を感じたからだ。知らないうちに何者かに近づかれていた。

佐之助は刀を引き抜き、ばっと振り返ろうとした。

しかし、それはかなわなかった。刀は抜いたものの、そこに誰がいるのか、解する前に首筋に重い痛みを感じたからだ。

一瞬で目の前が真っ暗になり、佐之助の前から景色が消え失せた。


次に目を覚ましたとき、この建物に転がされていたのだ。

いったいなぜ、生かして運んできたのか。

殺しを依頼するために、とらえてみせたのか。

だが、佐之助は釈然としない。

監禁されてから、六輔は一度も顔を見せていない。

六輔がこの一件に関係していないはずがない。

仕事を依頼するためなら、とうに姿をあらわしてもいいはずだ。

食事を運んでくるのは、年老いた男だ。声をかけても、口がきけないかのように返事はない。今日の膳を置き、黙って前日の膳を引いてゆく。

佐之助はあぐらをかいた。

だが、仕事の依頼というのは、やはり考えにくい。

誰を殺すにしろ、あれだけの鉄砲の腕を持つ者がいれば、闇討ちはさほどむずかしくはないだろう。

自力でやれるのに、わざわざ殺し屋に依頼する必要などない。

しかも、腕のいいのは鉄砲放ちだけではない。

なにしろ、この俺をたやすく気絶させた者がいる。

その者こそ、とんでもない遣い手といってよい。

もしかすると、直之進以上の腕前を誇っているのではないか。

直之進、と佐之助は闇に向かって呼びかけた。

気をつけろ。その者の矛先は、きっときさまに向かってゆくぞ。

二

北山道場をあとにした直之進は、佐之助の生まれ育った町である関口台町のききこみを行った。

懐には、以前、南町奉行所同心の樺山富士太郎からもらった佐之助の人相書がしまわれている。

だが、佐之助の行方について知っている者は一人も見つからなかった。佐之助がこの町を離れて、もはや久しく、佐之助を知っている者自体、ひじょうに少なかった。

これ以上、この町にいても得るものはなさそうだった。

別の場所に移らなければならない。

どこに向かうべきか。

米田屋を出るときに考えたのは、北山道場と関口台町のことだけで、ほかに頭に思い浮かんだものはなかった。

佐之助の居場所を探りだす。やはり雲をつかむような話だ。

直之進は空を見あげた。

雲の流れを見つめる。黒さを増してきた雲は相変わらず、びっしりと厚く空を覆っている。

凍りついた水面のように、一見、動きはないが、それでもわずかずつ形を変えながら北へと流れている。

北か。ふむ。道場の者の言もある。雲についていってみるか。

この程度の考えしか浮かばなかったが、風に吹かれるようにして直之進は北へ歩きはじめた。

雲を追うというより、足の向くまま自然にまかせた感じだが、佐之助が、こっちだと耳元でささやいたような気がしてならない。

直之進は、佐之助が隠れ家を持っているのは知っている。

しかも、それは一軒だけではない。何軒かあるらしい。

どこにあるのか、直之進は一軒たりとも知らない。

こうして歩き続けていても、佐之助の隠れ家にぶつかる度合は、ほとんどない。仮にぶつかったとしても、それが佐之助の隠れ家であると、わかるはずもない。

今は、佐之助がささやきかけてきたという思いだけで、歩を進ませている。

きっとなにかにぶつかる。

その気持ちだけが、直之進の体を動かしている。

いつしか道は細くなり、獣道とさして変わらなくなってきた。まわりは田畑や林、丘、疎林《そりん》ばかりになっている。

ときおり百姓家が散見される。百姓衆が地にへばりつき、真っ黒になって働いている姿が目を射た。

百姓衆がああして一所懸命、働いてくれているから、自分たちは飢えることなく食べられるのだ。

直之進は、心で百姓衆に手を合わせて歩き続けた。

大小の寺や鎮守らしい社も眺められる。大名家や大身の旗本の下屋敷、拝領屋敷らしい建物も少なくない。

そんな風景が、ここ半刻ばかりずっと続いていた。

ほとんどなにも考えることなく道をたどり続けていると、直之進の名も知らない村に出た。

行き合った村人にたずねると、池袋村とのことだ。

佐之助がこの村に導いてくれたような気がする。

勘ちがいではない。

この村にはなにかある。

直之進は確信を抱いた。

江戸は町を離れてしまえば、どこも似たり寄ったりの風景になり、ここもよその村とちがうところがあるわけではないが、なにか異なるものを直之進は感じている。

懐から佐之助の人相書を取りだし、この男のことを知っている村人がいないか、懸命なききこみをはじめた。

成果はすぐに出た。畑に出ていた一人の村人が、見かけたことがあるような気がする、といったのだ。

「どこで」

直之進は勇んでたずねた。

「あちらですよ」

村人は東を指さした。

「あそこに木々が生い茂ってこんもりと高くなっているところが見えますけど、お侍、おわかりですかい」

直之進はうなずいた。高さは三丈もないだろう。一番高いところに建物があるようで、樹間に小さな屋根がのぞいている。

「ああ、見えるぞ。あれは、村の鎮守か」

「鎮守さまではありませんけど、はい、お社があります。あのお社の向こう側に、一軒の家がぽつんと建っています」

百姓が、直之進の持つ人相書をそっと指さした。

「その家に、こちらのお方がときおり見えていたのではないかと」

直之進は内心で顔をしかめた。村人に顔を覚えられるなど、やつも存外、甘い。

千勢と知り合って、人間がゆるくなったのではあるまいか。

直之進は村人に教えられた家をさっそく訪ねた。

こぢんまりとした家だ。戸に大きな錠ががっしりとおり、雨戸が閉じられている。なかに入ることはできそうになかった。

戸口を破るか。

蹴り倒すのはたやすい。

だが、そのことは佐之助も知っているだろう。

ということは、ここに佐之助がいたという証は残されていないのだ。

蹴破ってなかに入ったところで、なにも得られない公算が大きい。

だからといって、このまま見すごすわけにはいかない。

ここは、入るしかない。ほかに選ぶ手立てはないのだ。

直之進はまわりを見た。人けはまったくといってない。

佐之助はそういう場所を選んだのだろう。捕り手に来られたとしても、すぐに逃げだせる場所でもある。

直之進は遠慮することなく、戸に蹴りを入れた。

轟音とともに、もうもうと埃が舞いあがった。視野がかき消される。

なにが飛びだしてくるかわからず、埃がおさまるまで、刀に手を置き、腰を落として直之進はじっとしていた。

埃が薄まり、霧が晴れるようになかが見えてきた。

土間が広がっている。その向こうは、囲炉裏の切られた部屋だ。ほかに部屋はないようだ。

直之進は敷居をまたぎ、土間に足を踏み入れた。

沓脱石《くつぬぎいし》で雪駄を脱ぎ、あがりこんだ。

広さ八畳ほどの板間である。

見事になにもない。がらんとしている。家財などは一切置いてなかった。

それを目の当たりにした直之進は、ここが佐之助の隠れ家だったことを確信した。

この潔いまでの物のなさは、あの男以外、考えられない。

ここで、佐之助はいったいなにをしていたのだろう。

くつろげたのだろうか。熟睡できたのだろうか。

直之進は板間に座りこんだ。暗い部屋を見まわしてみる。

なんの変哲もないが、造りはしっかりしている。

なんとなく佐之助の趣味、好みのようなものが垣間見えた気がした。

直之進は立ちあがり、部屋のなかをまわってみた。

隠し扉や隠し棚などがないか、壁を叩いたり、床を探ったりして調べてみたが、そんなものはなかった。

囲炉裏の灰にも手を突っこんでみた。なにも触れるものはなかった。

この家は、ただ佐之助が体を横たえるためだけのものにすぎない。

雨戸をあけて、裏手を見た。こちらはすぐに竹藪になっている。

竹藪は広い。追っ手に迫られたとき、ここに逃げこんでしまえば、そうはたやすくつかまるまい。

一応、血の跡のようなものがないか、調べてみた。

そんなものは見当たらなかった。

とりあえずほっと息をついた。

直之進は雨戸を閉めた。一気に夜がきたかのように明るさが失せた。

直之進は家を出た。決して居心地の悪い家ではなかったが、涼しい風に体が洗われ、さすがにほっとする。

蹴り破った戸は、とりあえず敷居に戻した。うまくはまらなかったが、なんとか格好だけはついた。

風に乗って、どこからか子供の遊び声がきこえる。

その声に呼ばれたかのように、直之進はそちらに向かって歩を踏みだした。

途中、空の籠を背負った村の女房とすれちがった。女がていねいに挨拶してくる。

直之進も明るく返し、佐之助の人相書を見せた。

女が首をひねる。

「さあ、この方が村にいらしたとは存じませんでした」

瞳に興味の色が宿った。

「この方になにかあったんですか」

「ああ、行方が知れなくなった。それで頼まれて探しているんだ。あそこの家に一時、身を寄せていたことはわかっている」

　直之進は、手前の林に隠れて屋根だけがわずかに見える家に向かって、手をすっと伸ばした。

「ああ、あの家にこちらの方がいらしたんですか」

「いたといっても、あそこで長いことすごしたわけではないだろうし、おそらく籠もりきりだったはずだから、おぬしが知らぬのも無理はない」

「ああ、さようですか」

　女房が真顔になる。なにかを思いだしたか、思いついたような表情をしている。

「どうかしたか」

「お侍は、この方を探しているとおっしゃいましたね。この方、急に姿が見えなくなったのですか」

「急に、といえばそうだろうな。いつも訪れていたなじみの家に、まったく顔を見せなくなった」

　さようでしたか、と女房がいった。

「そのことと関係あるかどうか、わかりかねますけど」

女房が思わせぶりに言葉を切った。

「なにかあったのだな」

はい、と女房が目を輝かせて大きく顎を引いた。

「十日ばかり前のことです。あたし、大きな音をきいたんです。八つの鐘が鳴った直後のことでした」

「大きな音というと」

「あれは、鉄砲の音だと思うのです」

直之進は、胸のなかがずきりとした。佐之助が鉄砲で狙われたということか。

まさかあの男、撃たれたのではあるまいな。

「鉄砲の音らしいものをきいたのは、この村でのことか」

「はい、ちょうどこちらの方がいらした家のそばだったと思います」

女房が強い口調でいった。

「このあたりでも猪や鹿などが出ますから、ときたま猟師が入りこんで鉄砲をつかうことがあります。それかと思いましたけど、あの日、鉄砲の音は続けざまにしました。控えめに見ても二人の猟師が入ってきたことになります。ふだん、あたしたちが目にするのは、たいてい一人です」

「そうか」

「このあたりではお大名の鷹狩なども昔はかなり行われたらしいですけど、今は獣の類もだいぶ少なくなったようですから、二人以上の猟師がやってくることなど、滅多にありません。少なくともあたしは見たことはありません」

女房がいいきった。

「鉄砲は続けざまに放たれたといったが、音は何度きいた」

「あれは、三度か四度でした。あの日は雷も鳴っていましたけど、ききちがいようはありません」

鉄砲の玉は、佐之助の体を貫いたのだろうか。

あの男はもはや骸《むくろ》と化したのか。

直之進は内心で首を振った。

倉田佐之助という男は、鉄砲ごときにやられはしない。

生きている。それはまちがいない。

あの男は、生きて念を送ってきている。

俺がこの村にたどりついたのが、なによりの証だ。

佐之助は、とらわれの身になったのだろうか。

鉄砲で傷を負わされ、動けなくなったところをつかまったのかもしれない。

もしかすると、その様子を目の当たりにした者がいるかもしれなかった。

「鉄砲の音をきいた者は、ほかにもいました。そのことを名主さまに届け出ました。名主さまから御番所につなぎがいったものと思いますけど、御番所の方は結局、見えませんでした」

鉄砲の音をきいたくらいでは、忙しい町奉行所の者は調べに来ぬだろうな、と直之進は思った。

「手間を取らせた。かたじけない」

直之進は女房に厚く礼をいい、村でのききこみを続行した。

しかし、かんばしい結果を得ることはできなかった。

日暮れが近づき、村人が次々に家に戻ってゆく。

朝の早い百姓衆は、日暮れとともに眠りにつく者がほとんどときく。夜更かしする者など滅多にいないのだろう。

ずっと遊び声を発していた子たちも、西の空が赤く染まろうとするのを見て、さよならをいい合い、家路につこうとしていた。

それでも、まだ遊び足りないのか、何人かがかたまってふざけ合ったり、じゃれ合ったりしていた。

剣術ごっこをしているのか、棒きれを振りまわしている男の子の一団もいる。

おや、と直之進は目を凝らした。一人が棒きれでなく、刀の鞘のようなものを持っているのに気づいた。

いや、鞘のようなものではない。紛れもなく鞘だ。

しかも、見覚えがある。ぼろぼろになりつつあるが、まだ元の形をしっかりととどめている。

どきり、として直之進は男の子に急ぎ近づいた。

「坊や、その鞘を見せてくれるかい」

声をかけられた男の子は、目を丸くして直之進を見あげてきた。一緒にいる三人の男の子も、叱られたように足をとめた。

「その鞘はどうしたんだい」

男の子は鞘を持っていることを咎められたと思ったのか、うつむいた。

「取ってきたんじゃないよ」

小さな声でいった。

「それはわかっている。どうやって手に入れたんだい」

「拾ったんだよ」

「どこで」

「あの家の裏っかわ」

男の子が指さしたのは、紛れもなく佐之助の家だった。

「いつ」

男の子が首をひねり、考えこむ。

「五日くらい前かな」

五日以上も前に、佐之助の身になにかあったのだ。

おそらくそれは、鉄砲の音が轟いたという十日ばかり前のことだろう。

「その鞘、見せてくれるかい」

「うん、いいけど……」

男の子は、宝物を取りあげられるのを恐れている。

「すまぬな。それは、俺の知り合いの鞘のようだ。代わりに代は払うゆえ、勘弁してもらえるかな」

男の子を安心させるようにいって、直之進は差しだされた鞘を手にした。

まちがいない。

この鞘は、直之進の旧主ともいうべき宮田彦兵衛《みやたひこべえ》からもらった刀のものだ。微塵貝地雲紋抜という技法がほどこされた鞘である。直之進もよくは知らないが、微塵にされた貝が撒かれた地の上に、雲紋抜という模様を配して、黒の上質の漆を塗りこんだものだ。

それに加えて、宮田家の家紋である子持百足紋《こもちむかでもん》の細工がなされている。

直之進は袂から財布を取りだし、しばし考えた末、四十文を取りだした。男の子は四人いる。十文ずつ分ければよい、と思ったのである。

「これで売ってくれるかい」

うん、と男の子は目を輝かせていった。三人の男の子も、心の弾みを抑えられない表情だ。

「では、いただくぞ」

直之進は、一応、了解をもらってから鞘を腰に差した。鞘だけというのは、なにか妙な感じがする。

「その鞘の持ち主の人、どうかしたの」

男の子の一人がきいてきた。

「うむ、行方がわからなくなっているんだ。なにか知らぬか」

四人の男の子が一様に表情を曇らせる。

「そんな顔をせんでもよい。俺がきっと見つけだすゆえ」

それをきいて、男の子たちがほっとした顔を見せる。

涼やかな風が揺れる大気をゆるやかに裂くように、男の子の名を呼ぶ女の声がきこえてきた。

一人がはっとする。

「じゃあね、お侍」

その男の子が手をあげる。ほかの子もそれにならった。

「うむ、ありがとう。またな」

直之進がていねいに礼をいうと、一人が、その人、見つかるといいね、と励ましてくれた。

その声は、直之進を勇気づけた。

「ありがとう」

男の子たちが、夕焼けを目指して走りだした。

直之進は男の子たちの姿が見えなくなるまで見送ってから、歩きだした。

佐之助の家に再びやってきた。風があと二十回ほども付近の梢を騒がせたら、太陽は地平の向こうへと没するだろう。

すでに暗くなりつつある。遠くの林は黒いかたまりと化していた。

夜目が利くとはいえ、刀を見つけるのに、明るさが残っているほうがいい。

直之進は、佐之助の隠れ家の裏手にまわりこんだ。

こっちだろうか。

直之進は竹藪を見つめた。

おびただしい竹が天を突くように幹を伸ばしている。

直之進はためらうことなく、竹藪に入りこんだ。

三間ばかり進んだとき、なにか光るものを見つけた。草と落ちた竹の葉に隠されているが、直之進の目はかすかな光を見逃さなかった。

あった。

刀はむしろ、ここにいるぞ、と声高に叫んだような気すらした。

直之進はかがみこんだ。手を伸ばし、抜き身を手にする。

目の前にかざした。

刃こぼれはない。

これはやり合っていないことを、告げているのか。

とにかく、佐之助は刀を抜いたことは抜いたのだ。だが、その甲斐もなくやられてしまった。

佐之助の手から離れたこの刀は、きっと無造作に竹藪に捨てられたのだろう。鞘を見つけた男の子たちは、刀を探さなかったのだろうか。

鞘を見つけただけで有頂天になってしまい、まさか刀が竹藪に投げこまれたなど、考えもしなかったのだろう。

くすんでいるが、刀身にさびは浮いていない。

これなら、研ぎにだすまでもないだろう。

直之進は刀を鞘にしまいこんだ。手にして歩を進めはじめた。

竹藪を出たときには、ほとんど日は暮れていた。

この町に足を運んだのは、実に久しぶりである。

直之進は、音羽町四丁目のせまい道に入りこんだ。

目指したのは、裏長屋だ。

木戸の前で足をとめる。

この長屋でまちがいない。甚《じん》右衛《え》門店《もんだな》と看板に記されている。

直之進は進もうとした。その足が自然にとまる。

誰かに見られているような気がした。

直之進はさりげなく視線を感じるほうを見た。

だが、すでに夜がすっぽりと江戸の町を包んでおり、こちらを見ている者の姿は見えない。

勘ちがいか。

いや、そんなことはあるまい。

直之進はそちらに動きかけた。きっと、佐之助を連れ去ったことと関係している者にちがいない。

だが、視線を感じたほうに向かっても、とらえることはできないだろう。

あとまわしだ。

心でうなずいて直之進は、両側の店からにじみだす灯りに淡く染められている路地に、足を踏みこませた。

目当ての店には、明かりが灯っていた。それが佐之助のやってくるのを待ちわびている色に映るから、人の目というのは不思議なものだ。

直之進は、ほんのりと揺れる灯りを映じている腰高障子を静かに叩いた。

「はい」

間髪容れず返ってきたのは、期待のこもった声だ。だが、期待を戒めるような感じもまじっている。

「湯瀬だ」

直之進は告げた。

人影が映りこんだ腰高障子が、静かに横に滑っていった。

あらわれたのは、疲れ切った千勢の顔だった。

細い腰にまとわりつくように、お咲希がいた。

つぶらな瞳で直之進を見あげている。少し残念そうな色が宿っていた。

「すまぬな」

直之進は二人にいった。

「どうして謝られるのです」

「いや、おぬしたちの期待した人物でなくて、悪いなと思った」

千勢が寂しげに笑う。

「変わっていらっしゃいませんね。考えなくてよいところまで、そうやって気をまわされるところは」

一緒に暮らしていて、こういうところがうっとうしかったのかもしれぬな、と直之進は思った。

お咲希が千勢の手をそっと引く。

千勢が気づいた。

「どうぞ、お入りください」

すまぬ、といって直之進はせまい土間に立った。

小さな文机の上に読みかけの本が置いてあった。

直之進はうながされるままに六畳一間の店《たな》に入り、薄縁の上に腰をおろした。

「佐之助のことだ」

直之進は手にしていた佐之助の差料《さしりょう》を薄縁の上に置いた。

「これは」

千勢が目をみはる。お咲希はじっと刀を見ている。

直之進は、どうやってこの刀を見つけたか、説明した。

「池袋村……」

千勢がつぶやく。

「倉田佐之助はどうやら傷を負わされ、かどわかされたようだ」

「えっ」

声を漏らしたのはお咲希だ。

「それはまことですか」

意外にしっかりとした口調で、千勢がきいてきた。

「血の跡などは見つからなかった。やつは生きて連れ去られたのだろうと思う」

「いったい誰が」

「それはまだわからぬ」

「あの人をかどわかして、なにをしようというのでしょう」

「それもわからぬ」

千勢が息をのむ。

「あの人、なにかされていないでしょうか」

「それは、拷問かなにかということか」

はい、とうなずきたかったようだが、千勢が自重する。

「生きて連れ去った以上、なにかされるとは思えぬ」

直之進は断言した。

「そうですよね」

千勢が胸をなでおろす。

お咲希は安堵できないようだ。

「おじさん、おなか、空いてないかなあ」

直之進は首をひねった。

「ちゃんと食べているかなあ」

「食事がだされていれば、倉田佐之助は必ずしっかりと食べている」

「どうしてそういいきれるの」

お咲希が不思議そうに問う。

「たやすいことだ」

直之進は笑みを浮かべていった。

「あの男の性格を考えれば、すぐにわかる。決してあきらめようとせぬ。もし食べずにいれば、体の力が失われ、それがために脱出の機会も失われることを、熟知している」

「おじさん、必ず帰ってくるよね」

直之進は微笑した。

「ああ、帰ってくる。最高の笑顔をお咲希ちゃんに見せてくれるさ」

「おっかさんにもでしょ」

お咲希が千勢を見あげていう。

直之進はちらりと千勢に視線を当てた。照れてはいるが、千勢がうれしそうな笑みを頰に浮かべる。その顔は、すでに母親そのものだった。

「もちろんだ。あの男はお咲希ちゃんだけでなく、おっかさんにも会いたくてならぬ。これ以上ない笑みを見せてくれるに決まっている」

そうだよね、とお咲希が自分を励ますようにいった。

「あの、あなたさま」

千勢が直之進のことを、一緒に暮らしているときのように呼ぶ。

「なにかな」

「私にできることが、なにかありますか」

直之進は、ない、といおうとした。だが、即座に口にするのはかわいそうな気がして、少し間を置いた。

「いや、ここはすべて俺にまかせてほしい」

千勢が静かにうつむく。

「わかりました。あなたさまにおまかせいたします」

「あたしにできることは」

お咲希がきらきらと瞳を輝かせてきく。

直之進は手を伸ばし、お咲希の頭をそっとなでた。

「お咲希ちゃんもえらいな。だが、ここはおっかさんと一緒に、俺があの男を連れ帰るのを待っていてくれ」

「あたしたちが動きまわるのは、足手まといってことね」

直之進はかぶりを振った。

「足手まといだなんてとんでもない。本音をいえば、お咲希ちゃんたちに手伝ってほしい」

直之進は真摯にお咲希を見つめた。

「しかし、ここにいてあの男の無事を祈ってくれているほうがありがたい」

「無事を祈るのは、おっかさんと二人、もうずっとしているの」

「そうだろうな」

直之進はやさしくいった。

「でも、それはずっと続けてくれ。実はこんなことがあった」

直之進は、池袋村までたどりついた経緯を二人に伝えた。

「あの人の念による導きがあったのですか」

千勢が直之進に確かめるようにいう。

うむ、と直之進はいった。

「そうでないと、俺があの村に行き着いた理由がわからぬ」

「本当にその通りですね」

千勢の顔には喜色が浮かんでいる。

「あの人は、あなたさまのおっしゃる通り、生きているということですね」

「まちがいなくな。やつの送る念が、俺に伝わってきた。お咲希ちゃんとおぬしの思いが、やつに伝わらぬはずがない。おぬしたち二人の思いは、あの男をきっと元気づけよう。いや、今も元気づけているにちがいない」

直之進はまたお咲希に目を当てた。

「倉田佐之助は必ず俺が見つけ、救いだす。そのあいだ、お咲希ちゃんはあの男に、無事で帰ってきて、と心でいい続けてくれ。その言葉こそが、やつを連れ帰るための最大の力となる」

「うん、わかった」

お咲希が大きく顎を動かす。

「おじさんが帰ってくるまで、ずっといい続けるわ」

直之進は目を細めた。

「いい子だ」

「ねえ、お侍」

お咲希が呼びかけてきた。

「おじさんのこと、あの男というのはやめてほしいの」

「えっ、そうか」

「うん、なにか冷たい感じがするから」

「そうか、そんな感じがするか」

「お侍とおじさんは、友垣《ともがき》なんでしょ」

直之進は一瞬、なんと答えるべきか、迷った。

「うむ、そうだ」

千勢がほっとした顔をつくる。

「だったら、あの男なんていい方はやめて」

「うむ、わかった。やめよう。それでお咲希ちゃん、俺は倉田佐之助のことをなんて呼んだらいいのかな」

「これまでおじさんをなんて呼んでいたの」

「倉田佐之助と呼んでいたな」

お咲希が首をひねる。

「友垣同士で呼ぶのに名字までつけるのは、ちょっと変だわ。お侍とおじさん、どっちが年上なの」

「同い年かな」

「へえ、そうなの。あたしは、お侍のほうがちょっと下かと思った。おじさんにくらべたら、幼い顔つきをしているものね」

千勢が笑いをこらえる。

直之進は苦笑するしかなかった。

「まあ、それだけ俺のほうが若いということだな」

「きっとおじさんのほうが、苦労しているんでしょうね」

直之進は鬢をかいた。

「俺もそこそこ苦労しているとは思うんだが、あまり苦労が顔に出ぬたちなんだ」

千勢が、苦労をかけてすみませんといいたげな顔をしている。

気にせずともよい、と直之進は目顔で語りかけた。

自分の刀を手に立ちあがった。

「よし、俺は引きあげる。あの男の、いや、佐之助の刀は、おぬしたちが持っていて無事に帰ってきたときに渡してやってくれ」

「承知いたしました。では、あの人のこと、よろしくお願いいたします」

千勢が頭を下げる。隣でお咲希も両手をついた。

「うむ、力を尽くす」

直之進は二人の顔を交互に見つめた。この長屋に来たとき、木戸のところで感じた視線がよみがえる。

「この一件が解決するまで、あまり外に出ぬようにな。なにがあるか、わからぬゆえ。出るときは、必ず長屋の者と一緒にするようにしてくれ」

承知いたしました、という声を耳におさめて、直之進は雪駄を履いた。

「私、手習所に行っちゃ、いけないの」

お咲希が悲しげにきいてきた。

「お咲希ちゃんは手習所が好きか。いいことだ。しかし、佐之助が戻るまでは、こらえてくれ。頼む」

お咲希はしばらく下を向いていたが、直之進を見つめるや、すっとうなずいた。

「ありがとう」

「わかったわ」

向こう側の気配を嗅いで、腰高障子を横に引いた。路地に踏みだす。

夜空には、おびただしい星が輝いている。半月が南のほうにぽっかりと浮かんでいた。ゆで玉子を切り割ったような、鮮やかな黄色をしていた。

路地をはさんだ店のほとんどは、すでに明かりを落としている。

なにか、いやな風が吹いている。落ち着かない。

なにがいやなのか、説明がつかないのが気持ちを苛立たせる。

先ほどの視線か。

直之進は小田原提灯に火を入れた。路地の暗さが幾分か薄まる。

「では、まいる」

直之進は二人にうなずいて、歩きだした。

千勢とお咲希が店を出ようとする。

「よい、出ずとも」

直之進は制した。

「いえ、そこまで」

二人が直之進の腕をくぐるようにして、路地に出てきた。

千勢がにこりとする。

「木戸までですから」

仕方あるまい。

直之進は千勢とお咲希に背を向け、歩みはじめた。

二人は、寄り添うように直之進のあとをついてきた。

「ここまでだ」

直之進は二人にいった。木戸の影が、目の前にうっすらと見えている。

「戻ってくれ」

二人が素直に足をとめる。

直之進は木戸を出た。背後で千勢とお咲希が見送っている。

直之進は小田原提灯の明るさを助けにして、歩を進めた。

護国寺につながる通りに出た。

きゃあ。

背後で女の悲鳴がきこえた。

今のは千勢ではないか。

思う前に、すでに体をひるがえしていた。小田原提灯を手に、甚右衛門店に向かって走っていた。

先ほどいやな感じを抱き、しかも視線のことも思いだしていたのに、見すごして千勢たちを長屋に置いてきてしまった。

急げっ。

自らを叱咤して直之進は駆けた。

だが、なかなか長屋は近づいてこない。自分の足の遅さが呪わしい。

ようやく甚右衛門店の木戸を抜け、路地に走りこもうとした。

向こうからやってきた人影と、ぶつかりそうになった。

人影がひらりと横によけた。

その素早さに直之進は目をみはった。

男だ。なにかを肩に担いでいる。

お咲希だ。

直之進をかわした男が再び走りだす。

路地のまんなかに、倒れこんでいる千勢の姿が見える。

大丈夫なのか、直之進は確かめたかったが、今はお咲希のほうが先だ。

闇に逃げこまれたら、とらえるのはむずかしい。

「待てっ」

直之進は叫んだ。叫んだところで賊が足をとめるはずもないのはわかっているのに、いわずにおれない。

お咲希を担いでいるせいもあるのか、賊の足は意外に遅い。

ぐんぐんと、小柄な背が近づいてきた。

護国寺への道に出た。

賊は左に曲がった。護国寺とは反対の方向だ。

直之進は追った。すでに賊とは一間ばかりの隔たりしかない。

直之進は刀の柄に手をかけた。お咲希がいるから、下手な真似はできないが、これ以上逃げるつもりなら、賊の足に刃を入れようと考えた。

足ならば、お咲希に刀が触れる心配はない。まずいのは賊が地面に倒れこんでしまうことだが、その前にお咲希を抱きあげられるという確信が、直之進にはあった。

直之進の気配を感じ取ったのか、賊が不意に足をとめた。

いきなりお咲希を直之進に向けて放りだした。

お咲希が宙を飛んできて、直之進は面食らったが、受けとめようと両手を掲げた。

姿勢を低くした賊が、だんと音をさせて地を蹴っていた。なにかが、ぎらりと鈍い光を帯びた。

賊は、腰の脇差を抜いていた。胴に振ってきた。

直之進の胴はがら空きになっている。お咲希を両手で抱きとめるや、体を思い切りねじった。

よけきれたか、自信はなかった。

脇差が、腹をぎりぎりかすめていったのが、はっきり感じ取れた。

直之進はお咲希の顔をのぞき見た。気絶しているようだ。

当身でも食らわされたのだろう。

賊がこちらに向き直り、脇差を正眼に構えている。

顔には頭巾をすっぽりとかぶり、裾をからげている。

相当の腕だが、敵ではない、と直之進はすでに見て取っている。

目の前にいるのは、お咲希をかどわかそうとした男だ。佐之助の失踪と無関係のはずがない。

だが、お咲希を抱いていたのでは、戦うことはできない。

しかし、男を逃がしたくない。

お咲希をそばの塀にもたれかけさせることができれば楽だが、賊が一人だと決めつけることはできない。その隙にまたお咲希を奪われるようなことがあってはならない。

長屋に通じる路地から人があらわれた。

男が気にする。

「お咲希ちゃん」

その声で誰がやってきたか解したようで、賊が風のように体を動かした。千勢の背後にまわりこむ。

脇差を千勢の喉元に突きつけた。

「千勢っ」

直之進は怒鳴るようにいった。

直之進の腕のなかで、お咲希が身動きする。目を覚ましつつあるようだ。

お咲希が目をあけ、今どこにいるのかとばかりに瞳をまわす。

目が千勢をとらえた。

「おっかさん」

お咲希が地面に立つ。いきなり千勢のほうに駆けだそうとする。

「駄目だ」

直之進は抱きとめた。

「お咲希ちゃん」

千勢が身もだえする。

賊が千勢に動くな、と強い調子で命じた。それから直之進に視線を移す。

「この女の命が惜しくば、娘を渡してもらおうか」

賊が冷たい口調で告げた。

千勢がいきなり両手をあげ、賊の脇差をつかもうとした。

その動きに賊が気づき、あわてたようにうしろに下がった。

直之進は瞠目した。

母というべきか。

千勢は命をお咲希のために投げだそうとした。
賊が邪魔だとばかりに千勢を横にどかせ、直之進に向かって突進してきた。
脇差がきらめく。
直之進は、お咲希を自分のうしろにまわらせた。
賊が脇差を振りおろしてくる。
はやい。
腕に自信があるのもわかる。
だが、直之進にははっきりと動きが見えている。
面を狙っていた脇差が、途中から肩口から斬り下げる角度に変化した。
それも直之進の瞳は、しっかりととらえている。
よけるのはたやすかった。
が、背後にお咲希がいる。
直之進は、かまわず下段から刀を振りあげていった。
相手より、はやさで上まわるつもりでいる。
狙いは賊の腕だ。
傷をつけてしまえば、戦う力は失せる。

しかしその狙いを読んだか、賊が脇差を引いた。
同時に背後に飛び退く。
直之進も刀を中途でとめた。
正眼に構えて、賊を見つめる。
賊は頭巾のなかで、歯ぎしりしている。
直之進はとらえたい。
とらえて佐之助のことを吐かせたい。
じりとわずかに進んだ。
それを見て、賊が頭巾のなかの目をゆがめた。
唐突に体をひるがえした。
お咲希という荷物がないせいか、あっという間に闇のなかに駆け去ってゆく。
直之進の視野から、男はほんの数瞬で消え去った。
男が戻ってこないことを確かめて、直之進は背後を振り返った。
お咲希が立っている。
顔は夜目にも真っ青だ。震えていた。
「もう大丈夫だ」

直之進はやさしく声をかけた。

「お咲希ちゃんっ」

悲鳴のような声がし、千勢が足をもつれさせて近づいてきた。

裾が足に絡まり、今にも倒れそうだが、前に進むのをやめない。

「おっかさん」

お咲希が、たたたと音をさせて直之進の脇を駆ける。

二人はぶつかり合うように抱き合った。二度と離さないという、強い絆が感じられる。

直之進はほっとした。

それ以上に、千勢の姿に驚きを隠せない。一緒に暮らしていたときは常に冷静だったのが、ここまで変わるとは。

刀を鞘にしまう。

賊の逃げていった闇を見据えた。

この厚く暗い壁の向こうに、佐之助は必ずいる。

おい、と直之進は心で語りかけた。

必ず助けだしてやる。この二人のもとに連れ帰ってやる。

信じて待っていてくれ。

三

尻のあたりがもぞもぞする。

どうも妙な感じだ。

富士太郎は心地《ここち》が悪い。

「旦那、どうしたんですかい」

うしろから珠吉が声をかけてくる。

「見廻りの最中だっていうのに、しゃなりしゃなりと体をくねらせて、どこかの娘っ子みてえですよ。大きいほうを、したいんじゃないですかい」

富士太郎はすぐさま振り返った。

「ちがうよ、なにか気持ちが落ち着かないだけなんだよ」

「どうして落ち着かないんですかい」

富士太郎は眉を曇らせた。

「それがわからないから、気持ち悪いんだよ。まったくいやだねえ」

珠吉が首をひねっている。

「なにか拾って食べたんじゃないんですかい。旦那、意外に食い意地が張っていますからねえ」

「ちがうよ、そんなんじゃないよ」

「でも、ちっちゃい頃、こんなことがありましたよ。覚えてますかい」

「えっ、なんのことだい」

富士太郎は興味を惹かれた。

「馬の糞の上に落ちた飴玉を一所懸命洗って食べたり、水たまりに落ちたせんべいを天日で乾かして食べたり、泥にはまった柏餅を手ぬぐいで汚れを落として食べたりしたじゃありませんか」

「ああ、そんなこともあったね」

富士太郎はうつむいた。

「いま考えれば、ひどい食べ方をしたものだねえ」

「あっしは旦那の子守をよくしましたけど、まったくよく食べ物を落っことしましたよねえ。それもまた、そういうところに狙ったように落とすんだから、びっくりしますよ。ほんと、あきれましたよ」

「おいらはぶきっちょだからね、食べようとすると、食べ物が指のあいだをすり抜けてゆくんだよ」

「はあ、なるほど、不思議なものですねえ」

「珠吉みたいな器用な人間には、ぶきっちょの気持ちは、永久にわからないよ」

「それはまた大仰ないい方ですねえ」

珠吉がくすりと笑いを漏らす。

「でも、あっしは旦那があんな食べ方をするのを一度も、とめませんでしたよ」

「ああ、そうだったね。あれは、どうしてだい。食べ物を大事にするっていうのは、大切だからかい」

「それももちろんあります」

珠吉が深くうなずく。

「ほかにも理由があるのかい」

大ありでさあ、と珠吉が胸をぐっと張って続ける。

「旦那はちっちゃい頃から人とは思えないほど胃の腑が丈夫でしたから、そんな食べ方をしても、腹をこわすようなことが一切なかったんです。だから、あっしもとめる必要がなかった」

富士太郎は力が抜けた。

「そのいい方じゃあ、人じゃないみたいじゃないか」

「紛れもなく人なんですけど、あっしには人じゃないように見えましたねえ。でも、もしあれだけおなかが丈夫じゃなかったら、さすがにとめていましたねえ」

「考えてみりゃそんな食べ方をして、平気だったというほうが、おかしいものねえ。よく無事だったものだよ」

「まったくですねえ。並みの者なら、とうにくたばっているでしょうねえ」

「おいらは並みじゃないってことだね」

「ええ、人離れしているというか、とにかく格別の人間ですよ」

珠吉がすぐ真顔になった。

「それで旦那、先ほどの落ち着かない気分はどうなったんですかい。今も続いていますかい」

富士太郎は胸に手を当てた。

「今はないねえ」

首をひねる。

「でもさっきまで、確かに妙な感じだったんだよ」

「ええ、旦那は嘘をつかない人ですからね。あっしは信じますよ」

富士太郎は、はっとした。

「もしかすると」

「なんですかい」

「ほら、よく直之進さんが視線を感じたとき、いやな感じがするっていうじゃないか。あれじゃないかね」

珠吉が、えっ、という顔をする。

「じゃあ、旦那はいま誰かから見られていたってことですかい」

「じゃないかね」

「湯瀬さまみたいに命を狙われるような心当たりはありますかい」

富士太郎はぶるぶると勢いよく首を横に振った。

「あるわけないよ」

「だったら、ちがうんじゃないですかね」

「そうかねえ。おいらの勘ちがいかねえ。うん、そうかもしれないねえ」

富士太郎は気を取り直し、珠吉とともに町の見廻りに精をだしはじめた。

辻を曲がろうとしたとき一陣の風が吹き、砂埃が立った。

富士太郎は顔を伏せ、目を閉じて砂埃をやりすごした。うしろで、珠吉も同じことをしているようだ。

目をあけたら、眼前に一人の姿のよい男が立っていた。

にこにこ笑っている。

「富士太郎さん、どうかしたんですか」

「あっ、七兵衛《しちべえ》」

いわれて、男が顔をしかめる。

「富士太郎さん、人の名をまちがえるのは、豚ノ介さんだけにしてくださいよ」

「平川さんのことを豚ノ介《ぶたのすけ》と呼ぶのは、わざとで、まちがえているわけじゃないよ」

富士太郎は目の前の男をまじまじと見た。

「おまえさん、七右衛門《しちえもん》だったかね」

「そうですよ。富士太郎さん、愛《いと》しの七右衛門ですよ」

「誰が愛しいだなんて、いったんだい。冗談じゃないよ」

「あたしも冗談なんかいっていませんよ。富士太郎さんは、自分の気持ちに気づかないだけなんですから」

「気づいているよ。おいらは直之進さん一筋なんだから」

七右衛門が肩をすくめる。

「それが勘ちがいっていうんですよ」

「勘ちがいなんかじゃないよ」

富士太郎は強くいって、七右衛門をぎろりと見据えた。

「どうしました、そんな怖い顔をして。富士太郎さんには、あまり似合わないなあ」

「おまえだったんだね」

富士太郎は決めつけるようにいった。

「なにがですか」

「おいらをじっと見ていたのは」

七右衛門が首をかしげる。

「富士太郎さんのことをずっと見ていたいのは山々ですけど、それはあたしじゃありませんよ。あたしは今ここに来て、富士太郎さんを偶然見つけたんですからねえ」

「偶然ねえ」

にわかには信じがたい。

「誰かに見られていたんですかい」

七右衛門が真剣な表情できく。

「うん、よくわからないんだよ。そんな気がしただけのことなんだ」

七右衛門が顎に手をやる。きれいに剃られて、ひげは一本もなく、顔がつやつやしている。

さすがに、売れっ子の役者だけのことはある。

「旦那を狙うような不埒《ふらち》な者がいないか、ちと調べてみましょうかね」

「調べられるのかい」

「当たり前です。つかまえて、とっちめてやりますよ」

「そんなことせずともいいよ。もし本当にいたら、おいらたちのところに連れてきておくれ」

その言葉に、珠吉も顎を深く上下させる。

「はい、承知しました」

七右衛門があっさりと答える。

富士太郎は、また強い視線を七右衛門に当てた。

「いったいおまえ、何者だい」

えっ、といって七右衛門が微笑する。さすがにその笑顔には人を惹くものがあり、娘たちが騒ぐだけのことはあった。

「あたしはただの役者ですよ」

「嘘だろう」

「嘘じゃありませんよ。ちょっとお節介なだけですから」

七右衛門が一礼する。

「では、あたしはこれで」

くるりときびすを返す。

「いいかい、きっと化けの皮をひんむいてやるからね。はいで、ぐちゃぐちゃにしてやるからね」

富士太郎が叫んだときには、吹き渡った風に乗るように、一瞬で七右衛門の姿はかき消えていた。

「鮮やかなものですねえ」

珠吉が感嘆の声をとばす。

「珠吉、あんなやつのことをほめて、どうするんだい」

「でも、すごいのはすごいとしかいいようがありませんからねえ」

「ふん、なんだい、あんな男、たいしたことないよ。直之進さんのほうがよっぽどすごいよ」

「湯瀬さまもすごいですね、確かに」

「直之進さん、今なにをしているのかねえ。会いたいねえ」

面影を心に浮かべて、富士太郎はうっとりした。

「さあ、旦那、行きますよ」

珠吉の声に、富士太郎はうつつに引き戻された。

「まったく、もうちょっと放っておいてくれてもよさそうなものじゃないか。珠吉は気が利かないねえ」

珠吉がぺこりと謝る。

「すみません、でくの坊で」

それをきいて、富士太郎は首を大きくひねった。

「でくの坊って、元はなんなんだい」

「語源のことですかい」

「ああ、そうだよ。珠吉は知っているかい」

「ええ、知っていますよ」

「さすがだね。教えてくれるかい」

「お安いご用ですよ」

珠吉が唇を湿らせた。

「でくってのは、木偶という字を当てるんですよ。これは、木彫りの人形のことをいうそうです」

「へえ、そうなんだ」

「ええ、どうも操り人形らしいんですけど、それができたのは、平安の昔のことっていいますねえ」

「ほう、そいつはまたずいぶんと前のことだねえ」

「木偶は操られるだけで自分ではなにもできませんからね、それから役に立たない人、気が利かない人っていう意味になっていったようですよ」

「なるほど」

「木偶には手足が彫られていなかった。そこからでくの棒という字を当てることもあるそうですが、坊の字が正しいんだそうです」

「へえ、そいつはまたどうしてだい」

「坊というのは坊やという言葉からもわかるように、親しみが感じられる言葉ですよね。でくの坊の坊も、同じ意味からつかわれているそうです」

「へえ、そうなんだ。すごいねえ、珠吉は。おいらもそんな物知りになりたいよ」

珠吉が照れる。

「たまたまですよ」

「だてに歳は食っちゃいないってことだね」

「亀の甲より歳の功って言葉もありますし」

二人は笑い合って、再び歩きだした。

直之進が住む小日向東古川町に、あと少しのところまでさしかかったときだ。雲が垂れこめ、今にも雨が降りだしそうな重い大気を裂いて、いきなり怒鳴り声がきこえてきた。

「なんだい、あれは」

富士太郎は声のほうに顔を向けた。

「あのお寺さんの裏手じゃありませんかい」

珠吉が手を伸ばし、こんもりとした杜《もり》を持つ寺を指さした。寺までほんの半町でしかない。

「うん、そうみたいだね」

富士太郎と珠吉は即座に駆けはじめた。

寺をまわりこむ。

広い通りに出た。

「あいつかい」

富士太郎は眉をひそめた。

珠吉も額に深いしわを寄せている。

「酔っているんですかね」

「どうもそのようだね」

一人の浪人らしい侍が、大声をあげて刀を振りまわしている。

野次馬たちが遠巻きに、若い浪人を眺めている。

打ち寄せ、引いてゆく波のように、浪人と一定の距離を保っている。

怪我人は出ていないようだ。だが、このままでは、いずれ血を見る者も出るかもしれない。

富士太郎は十手を取りだした。

「旦那、やるんですかい」

珠吉が危ぶんでいう。

「だって、あのまんまにしておけないだろう。やるしかないよ」

珠吉が浪人に目を向ける。

「酔っていますけど、あの侍、相当遣えますよ」

「おいらにも目があるからね、わかっちゃいるさ」

「でも、放っておくわけにはいかないってことですね」

珠吉が腕まくりする。

「手伝ってくれるのかい」

「当たり前ですよ。旦那を一人で行かせるわけにはいかねえ。あっしらは一心同体ですからね」

富士太郎は腕を撫《ぶ》し、浪人に向かって足を踏みだした。

珠吉が富士太郎と横並びになる。

富士太郎は抜かれまいと、いっそう早足になった。

珠吉も負けじと土煙をあげる。

富士太郎は浪人の面前に立ち、鼻先に十手を突きだした。

「そこまでだ」

浪人の振る刀が風音を立て、お返しとばかりに富士太郎の眉間をかすめる。

「旦那っ」

珠吉が裏返った声をあげる。

「大丈夫だよ、珠吉。そんな女みたいな声をあげなさんな」

実際のところ、珠吉が叫ばなければ、富士太郎も悲鳴をあげていたところだった。

珠吉に気づかれないよう唾を飲み、浪人を精一杯にらみつける。

浪人が、白目を赤く濁らせた眼を富士太郎に当てる。

「なんだ、おまえは」

「見ての通りだよ」

富士太郎は胸を張り、黒羽織を見せつけた。

うーん、とうなり声をあげ、目をすぼめるようにして浪人が顔を突きだす。

安酒のにおいが、もわっと富士太郎の顔を包みこんだ。

「きゃっ」

「なんでえ、陰間《かげま》か」

「なんだって」

「陰間が十手を持っているのか。世も末だな」

「おまえにいわれたくないよ。おとなしく刀をおさめな」

「けっ、陰間がやる気になってやがる」

浪人が唾を吐く。

その途端、首がぐらりと揺れ、視線が宙にさまよう。

だらしなくひらいた口から、よだれが垂れてきた。

今だ。

富士太郎は十手を振りかざして、浪人の懐に飛びこんだ。

だが、その前に浪人が刀を振りおろしていた。

すんでのところで富士太郎は、十手で受けとめた。

衝撃が腕を襲い、しびれが走る。

かまわず十手を押す。浪人の体が浮き加減になる。

すかさず富士太郎は浪人の足を払った。

浪人があっけなくたたらを踏む。

富士太郎はさらに押した。

浪人が尻餅をつき、両手を泳がせる。

富士太郎は十手を振りおろし、浪人の右手を打った。

刀が地面に転がる。

野次馬たちから、やんやの喝采が起こった。

「珠吉」

浪人を見据えたまま、富士太郎は呼んだ。

「へい」

「縄を打ちな」

「合点承知」

捕縄を取りだし、浪人に近づく。あっという間に縛りあげた。

再び野次馬たちから歓声があがった。

「よし、引っ立てな」

しかし、珠吉は動かない。

「どうかしたのかい」

「旦那、たくましくなりましたね」

珠吉がしみじみといった。

「あっしの出番がなかったですものねえ。うぅ」

「珠吉、なに涙ぐんでるんだい」

珠吉が勢いよく顔をあげた。

「な、泣いてなんかいませんよ」

「そうかい。まあ、そういうことにしておこうかね」

引っ立てな、と富士太郎はあらためて命じた。

# 第三章

## 一

花が咲いたような笑顔だ。

それが二つ、並んでいる。

二人は頬を寄せ合い、佐之助に向かって、おいでおいでをしていた。

にっこりと楽しそうに笑《え》んでいる。

二人とも美形だ。

とはいっても、以前の二人はあまり似ていなかった。

だが、今はそっくりだ。うり二つといってよい。

長いこと一緒に暮らしてきて、もはや親子も同然だから、顔が似てくるのも当然だろうか。

佐之助は、二人の呼びかけに応じて、足を踏みだした。
だが、動かない。
二人はまったく近づいてこない。
佐之助は戸惑った。
二人も悲しげな表情をしている。
佐之助は、なにか見えない力にがんじがらめにされている。
手をばたつかせてあらがい、必死に足を前にだそうとした。
しかし、結果はむなしいものでしかなかった。
二人がもっと悲しそうにする。どうして来てくれないの。
ちがう。
佐之助は叫びたかった。
思い切り前に腕を突きだし、その勢いで進もうとした。腕がかたい物に当たった。
佐之助は目を凝らした。
牢格子だ。
さっきまでこんな物はなかった。いつの間にこんな物ができたのか。

佐之助は角材を握り、揺り動かした。

だが、がっちりとした牢格子はびくともしない。

疲れだけが増してゆく。

二人の顔が縮まるように小さくなる。

待ってくれ。

佐之助は声をあげようとしたが、声にならなかった。

西瓜《すいか》くらいに見えていた二人の顔が豆粒ほどになり、やがて胡麻のようになって消えた。

ああ。

佐之助は嘆息を放った。

目覚めた。

牢格子が瞳に映る。いつの間にか上体を起こし、角材を握り締めていた。

手を離す。指の内側が赤くなって、何ヶ所かすり切れていた。

夢だったか。

佐之助は笑みを浮かべた。

どんな内容であれ、二人が夢に出てきてくれたのは、うれしかった。

以前は、夢などまったく覚えていなかった。目が覚めると同時に忘れていた。

それが、今はよく頭にとどまっている。

どうして二人が夢に出てきたのか。

決まっている。

二人は祈ってくれているのだ。一刻も早く佐之助に会えるようにと。

二人の顔が消えてしまったのは、今はまだ力が足りないからだろう。

しかし祈りというのは、日に日に力が増してくるものだと耳にしたことがある。

だからこそ、毎日祈りを重ねることで、願いが成就するのだろう。

この建物に閉じこめられて以来初めて、二人が夢に出てきた。

このことはなにか意味があるのだろうか。

ないはずがない。

きっと直之進が、自分のことを調べてくれているのだ。

あるいは、千勢があの男に懇願したのかもしれない。

直之進は調べを進め、やがて、倉田佐之助が生きて連れ去られたという確証を得るに至ったのだろう。

そのことを、千勢とお咲希に説明したのではないか。

直之進の言で、佐之助が生きているという確信を抱いた二人は、嘆いているだけではなくなったのだろう。

無事に戻ってきてくれるよう、強く祈るようになったのだ。

それが先ほどの、おいでおいでの意味なのではないか。

佐之助はふっと笑いを漏らした。

俺は助かる。まちがいない。

もっとも、千勢とお咲希の二人に会わないまま死ぬ気など、はなからなかった。

佐之助は戸口に顔を向けた。人の気配を感じている。

戸があいた。朝の光が猛然と飛びこんできた。

まぶしかったが、佐之助は目をそらさなかった。

なじんできた薄い味噌汁のにおいがする。朝餉が運ばれてきたのだ。

腹の虫が鳴った。

「さすがにたくましいものですな」

声をかけられた。

むっ、と佐之助はその人物に視線を当てた。

「きさまは」

「はい、六輔でございます」

にやにやしている。

やはりこいつが関係していたのだ。

「あまり驚かれませんな」

「当然だろう。きさまが絡んでおらぬと考えるほうがどうかしている」

「さようでございますな」

六輔が入ってきて、牢格子に切られた戸をあける。どうぞ、と膳をうやうやしく差しだしてきた。

「朝餉にございます。たいした量もございませんが、存分にお召しあがりください」

牢格子越しに、佐之助は六輔をにらみつけたままだ。

六輔は意に介していない。蛙の面に小便というやつだ。

「今朝は奮発しまして、納豆をつけております。おいしい納豆ですよ。ご賞味ください」

佐之助は膳に目を落とした。

六輔のいう通り、茶碗の脇に納豆の入った小鉢が添えられている。

「いかがです。おいしそうでしょう」

「本当だな」

「毒など入っておりませんから、安心してお召しあがりください」

「きさまに、安心して、などといわれて安心できる者がいるのか」

佐之助はあぐらをかいた。箸を取る。

「申しわけありません。納豆にはもう醬油を垂らしてあります。納豆をかき混ぜてから醬油を垂らすほうが、香りもよくなっておいしく召しあがれるのですが」

「ほう、そういうものか。知らなかったな。醬油を先に垂らしたほうが混ぜやすくて、俺は好きだ」

「それはようしゅうございました」

佐之助は納豆を混ぜ、飯の上にのせた。箸でかきこむ。

「うまい」

「さようにございましょう」

六輔が心から喜びをあらわしていう。

「気に入っていただけたようで、うれしゅうございます」

佐之助は六輔を気にかけることなく、食べ続けた。

朝餉は、あっという間に終わりを告げた。一膳飯に具のない味噌汁、たくあんという献立に変わりはないのだ。

今日は、それに納豆がついたにすぎない。

「梅干しはないのか」

「ございます。好物でございますか」

「ああ」

「それなら、明日はつけるようにいたしましょう」

「干物も頼む」

六輔が苦笑する。

「さすがに、腕利きの殺し屋だけのことはございますな。実にたくましい。こんな状況で、次から次へものを頼めるとは」

「なに、これまで遠慮していたのだ。もはや遠慮の必要もなかろう」

「さようにございますな。それに、どんなときでも、体に力をつけなければなりませんからね」

佐之助はにやっとした。

「そういうことだ。それでどうなんだ。干物はつけてもらえるのか」

「はい、よろしゅうございます」

「きさまの一存で決められるのか。体は小さいが、えらいんだな」

「はい、まあ。それでお魚はなにがお好きにございますか」

「なんでもよい。干物は薄塩で頼む」

「薄塩でございますか。それはお珍しい」

「そのほうが、飯の味がよくわかるのでな。ここの飯は思った以上にうまい」

佐之助は、箸を置いた膳を六輔のほうに押しだした。

六輔は注意深くそれを受け取り、引きだした。

「いつもの親父はどうした」

佐之助はのんびりとたずねた。

「風邪でも引いたのか」

「いえ、別になんでもありません。壮健そのものでございます」

「それなのに、きさまがあらわれたか。ということは、きさま、俺になにか用事があるのか」

「ええ、ございます」

六輔がしらっとした顔でいった。

「もっとも、用事というほどのものではございません。お知らせでございますよ」

佐之助は黙って六輔を見た。

「お咲希ちゃんにございます」

目に炎が宿ったのが、自分でもはっきりとわかった。

「そんなに怖いお顔をされる必要はございません」

六輔がなだめるようにいった。

「寂しがっておられる倉田さまに会わせてさしあげるために、昨日かどわかそうとしたのです。でも、邪魔が入りましてな、しくじりに終わりました」

邪魔をしたのは、直之進だろう。

「誰が邪魔したか、見当がおつきのようにございますな」

「まあな。千勢はどうした」

さりげなくきいたが、内心はじりじりする思いだった。

「千勢さまというのは、倉田さまの想い人にございましたな。ずいぶんきれいな方ときいておりますぞ。あの方はなにもされていません。ご安心ください」

佐之助は無言だ。

「まことにございます。千勢さまには指一本、触れておりません」

六輔が力説する。

「わかった、信じよう」

六輔がもの問いたげな顔をする。

「倉田さまは、湯瀬直之進というお侍をよくご存じなのですな。あの方は、相当お強いようにございますな」

「ああ、すごいものだ」

隠し立てするようなことではなく、佐之助は堂々と口にした。

「やはり、そんなにすごいのでございますか」

六輔が勢いこんできく。

「やはりだと」

「いえ、なんでもございません」

六輔が小さな笑みを浮かべる。

佐之助はそんな六輔を冷ややかに見た。

「昨日、湯瀬の強さは存分に味わったのだろうが」

「それは、手前が味わったわけではございません。倉田さまより、お強いのでございますか」

佐之助は自嘲気味に笑った。

「俺などたいしたことはない。あれだけたやすくやられてしまったではないか」

「たやすくなどとんでもない、との由にございますぞ。倉田さまの背後に、気づかれずに近づくのには、かなりの緊張を強いられたようにございます」

「それは、俺を殴りつけた者にきいたのか」

「はい、さようにございます」

「何者だ」

「興味がおありのようにございますな。剣客といってよい者にございます」

佐之助は冷笑した。

「この泰平の江戸に剣客か」

「湯瀬さまとどちらが強いでしょうか」

「わからん。不意をつけば、その剣客とやらも、あるいは勝てるかもしれんな」

「湯瀬さまというのは、そんなにお強いのでございますか」

「ああ、強い。腕もすごいが、あのあきらめぬ心の強さにほれぼれする。どうやっても折ることはできぬ」

「ほう、心がそんなに」

調子に乗って、少ししゃべりすぎたような気がする。

これ以上語っては直之進の身になにかよくないことが起きるような気がして、佐之助は口をつぐんだ。

「俺をどうしようというのだ」

すぐさま別の問いを発した。

「気になりますか」

「むろん。こんなところに連れてこられた意味がわからぬ。ただ毎日、飯を食って寝ているだけだ」

「意味はございますよ」

「どんな」

六輔がにっとする。

「それは申せません」

内心、佐之助はくっと唇を噛むしかなかった。

「では、倉田さま。今日はこれで。また明日、まいるかもしれません」

膳を手にした六輔がきびきびと動く。

戸が音もなく閉まる。明るさがかき消され、暗さが満ちた。

佐之助は目を閉じ、横になった。

直之進のことを考える。

今、頼みの綱はあの男しかいない。

わけもわからないままに、ここに閉じこめられた。

それでも、悠然と構えていられるのは、日頃から心身を鍛えているからでもあるが、直之進がいるからこそである。

二

屋根を軽やかに動く音がする。

直之進は目を覚ました。

ちゅんちゅんと何羽もの雀が鳴きかわす声がきこえてくる。

直之進は頭を動かし、腰高障子のほうへ目を向けた。

つややかな日が当たり、長屋のなかは明るさが満ちている。

昨夜、お咲希を取り戻したあと、直之進は千勢たちを甚右衛門店に送っていった。

もう心配はいらぬと思うが、といって直之進は泊まったのだ。

さすがに寝つけなかった。

千勢に妙な感情を抱くということはなかったが、もはや夫婦の絆が切れた者同士が、久方ぶりに一つ屋根の下に寝るというのが、居心地の悪さというのか、気持ちの据わりの悪さにつながったようだ。

寝つけないのは千勢も同じのようだった。意に介すことなく、安らかな寝息を立てていたのは、お咲希だけだ。さらわれそうになったのに、存外、図太い娘である。

今朝、夜が明けるのを待って、直之進は千勢の長屋を引きあげ、自分の長屋に帰ってきた。

軽くひと眠りのつもりで、薄縁の上に寝転んだ。結局、一刻以上、眠りこけてしまった。

刻限は、すでに五つをすぎているのではあるまいか。

直之進は起きあがった。

腹が空いている。

米田屋に行くか。

そのつもりで身支度をととのえた。すっかり甘え癖がついている。

最後に大小を腰に差してから、直之進は土間の雪駄を履いた。

今日は、腰高障子に心張り棒がしてあった。今朝、帰ってきたとき酔っていたわけではないから、当然だろう。

腰高障子を横に引いた。

まぶしいくらいの天気のよさだ。

井戸端に、女房たちはいない。路地には静寂が漂っている。

おびただしい数の洗濯物がひるがえり、目に痛い。

直之進は戸締まりをして、路地を一人歩きだした。

不意に若者が姿を見せ、長屋の木戸を見あげた。看板で長屋の名を確かめるような目をしたあと、木戸をくぐり、路地に走りこんできた。

なにかの行商かと思ったが、若者はなにも持っていない。

直之進に向かって、顎を突きだすようにした。会釈のつもりのようだ。

よくよく見ると、遊び人といった風情である。

若者は一つ一つ長屋の店の腰高障子を、じっくりと見定めてゆく。

直之進の店の前で足をとめた。戸を乱暴に叩く。

「湯瀬さん、いるかい」

「湯瀬は俺だ」

その声に若者がくるりと振り向く。

「ああ、やっぱりお侍だったのか。そうじゃないかと思ったんだけど、声をかけられなかった。俺は気が小さいんでね」

「戸の叩き方は、気が小さいように見えなかったが」

「すみませんねえ、ちっちゃい頃から乱暴者だったんで」

「それで、なに用かな」

若者が拳と手のひらを打ち合わせる。

「それだ、それ。忘れていたよ」

懐からなにかを取りだす。

「これを頼まれて、わざわざこんなところまで来たんだよ」

若者が手にしているのは文だ。

「お侍は、湯瀬直之進さんだね。まちがいないね」

「ああ、まちがいない」

「じゃあ、これをどうぞ」

直之進は文を手にした。差しだした者の名は記されていない。

「誰からだ」

「さあ」

若者が肩をすくめるように首をひねる。

「おぬし、飛脚ではないな」

「ああ、見ての通りの遊び人さ」

「誰かに、ここまで持ってゆくように頼まれたのか」

「そうさ。小柄な男だったよ。あれは商人かな」

「その男の名は」

「きいたけど、教えてくれなかった」

「どこで頼まれた」

「神田さ」

「神田といっても広いぞ」

「鎌倉河岸さ」

徳川家康が千代田城を築くとき、鎌倉から運ばれた石材がこの河岸に着いたことから、この名がついた。

「おいらの縄張はあのあたりでね、朝帰りの途中、呼びとめられた」

「どうしておぬしが選ばれた」

「さあね。いい男だからじゃないかな」

「朝帰りといったが、おぬし、昨夜から今朝にかけてなにをしていた」

見当はついたが、あえてきいた。

「お侍、番所の者じゃねえよな」

「ああ、ただの浪人だ」

主君の又太郎から三十石の扶持を受けているから、厳密には浪人ではないが、
今そんなことはどうでもよい。

そうだよね、と若者が盛大に相づちを打った。

「これ以上ない立派な浪人さんだもの」

「それで、どこにいたんだ」

「内緒にしたいところだけれど、教えておくか」

若者が告げる。

「ふむ、やはり賭場か。なんという賭場だ」

「一太郎《いちたろう》親分の賭場だよ」

「場所は」

若者が危ぶむ顔になる。

「お侍、神田に詳しいんかい」

「そうでもない。もともと田舎者なんでな。ろくに足を運んだこともない」

「そうだろうなあ。顔はけっこういいのに、お侍、田舎者のにおいをぷんぷんさせているものなあ。江戸に来て、まだ日が浅いんでしょ」

「一年ちょっとか」

若者が意外そうな顔をする。

「へえ、それでも、もうそんだけいるんだね。やるもんだ」

若者が一応、場所の説明をはじめた。

やはり、直之進にはわかりにくかった。

「わかっていないようだね」

「まあな」

「田舎者じゃあ、神田のことがわからなくても、仕方ないだろうさ」

慰めるつもりでいったらしい若者が目をあげ、直之進を見つめる。

「それよりお侍、せっかく持ってきたんだから、早く読んでよ」

直之進は文に目を落とした。封を切って、中身を取りだす。若者に背を向けて読みはじめた。

「どんなことが書いてあるの」

若者が無遠慮にのぞきこんできた。

「見るな」

一喝した。

ひっ、と若者が声をあげて、あとずさる。井戸端までよろよろと下がっていった。

「怖えなあ、お侍。人でも殺したことがあるんじゃねえのか」

ぶつぶついっている。

あるさ、と直之進は心で答えた。もし老中首座まで殺したと知ったら、この若者はどんな顔をするだろう。

直之進はあらためて文を読みはじめた。

むう。

自然にうなり声があがった。

「どうかしたのかい」

若者が直之進のそばに戻ってこようとしていた。

「なんでもない。気にするな」

「なんでもないんなら、どうしてお侍、うなったんだい」

「うるさい」

ひえ、と若者が頭を低くした。

「まったく気短だなあ。——じゃあ、お侍、これで失礼するからよ。ちゃんと手紙は渡したぜ」

「ちょっと待った」

若者がびくっとする。

「な、なんだい」

「一太郎親分の賭場では、儲かったのか」

「まさか。着物以外、全部むしられちまったよ」

「素《す》寒貧《かんぴん》にされたのか」

「素寒貧か。田舎者にしちゃあ、いい言葉を知っているね」

「おぬし、金をもらって、文を持ってきたんだな」

「そうだよ。まさかお足を取りあげるなんていわないよね」

「いわぬ。金をくれた小柄な男だが、初めて見る男だったか」

「そんな気がするなあ。見覚えはなかったもの」

「賭場で見たことは」

「あったかなあ。あったかもしれないけど、よくわからないよ」

一太郎親分のところへ足を運んだほうが、いいようだ。一家の者が何者か知っているかもしれない。

「おぬし、絵は得意か」

「絵って描く絵かい。いや、筆はまったく立たないね」

直之進はあきれた。

「筆が立つというのは、文章が上手という意味だ」

「えっ、そうなのかい」

若者は本気でびっくりしている。

「じゃあ、絵が上手なことは、なんていうんだい」

「絵を描くときの筆は絵筆だが、とりわけて言葉はないのではないかな。いや絵心がある、というのがそうだな」

絵心がある者がいないか、直之進は心当たりを探った。

富士太郎がうまいが、今は仕事中だろう。

都合よく、この頃合をとらえて来てはくれまい。

あと、絵が得手なのは琢ノ介か。住んでいるのは、小日向水道《すいどう》町だ。日当たりのよくない裏店に暮らしている。よく米田屋に飯をたかりに来ているが、今どちらにいるのだろう。

向かいの店の戸があいた。顔を見せたのは、太一《たいち》という男の子である。

「湯瀬のおじさん」

「おう、太一、おはよう」

直之進は明るく挨拶した。

「おっかさんの具合はどうだ」

太一の母親はおまさというが、胸がよくない。

「うん、ここのところはだいぶいいよ。顔色も悪くないし。薬が効いているみたいだ。おいらも一安心ってところだね」

直之進は笑みを浮かべた。

「そいつはよかった」

ありがとう、と太一が顔をほころばせる。

「ところで湯瀬のおじさん、おいらにまかせてよ」

「なにがだい」

「やだなあ、絵だよ。人相書を描く人、探しているんじゃないの」

直之進はびっくりした。

「きいていたのか」

「別に盗み聞きしてたわけじゃないよ。きこえちまっただけだからね」

「そうだな、俺は声が大きいからな」

直之進は首をかしげた。

「太一は絵が上手か」

「当たり前さ。大の得意だもの」

「そうか、知らなかったな」

「話したこと、ないからね」

直之進はじっと見た。

「ずいぶん自信があるみたいだな」

「もちろんだよ」

太一が懐をごそごそとやり、一枚の絵を取りだした。

「これ、おいらが描いたんだよ」

風景画である。どこか神社らしい高台から眺めた、夕日が当たる江戸の町の向こうにそそり立つ富士山という図だ。

富士の山肌がとてもていねいに描かれ、雄大さがよく出ている。

「うまいな」

直之進は世辞ではなくほめた。将来が楽しみといっていい。

「へえ、たいしたものだ」

若者も感心している。

太一が鼻の下を指でかいた。

「でしょう」

これなら、まかせてもいいかもしれない。

「風景画ではなく人相書だが、太一、やれるのか」

「その自信がなきゃ、わざわざ出てこないって」

「よし、まかせよう」

直之進は深くうなずいた。

「しかし、太一、この富士山の絵はいつ描いたんだ。最近か」

「うん、半年ばかり前かな。紙が手に入ったから、描いてみたんだよ。紙はなにしろ高いからね、もらったものじゃないと、とても絵を描こうなんて気にならないよ」

確かにそういうものなんだろう。

「ああ、そうだ。太一、手習所は」

直之進は、気にかかっていたことをたずねた。

「今日は休みだよ」

「そうか」

「うん、嘘はついてないよ」

直之進は若者を見た。

「金をくれた男の顔、覚えているな」

「俺がいくら忘れっぽいからって、さっき会ったばかりの野郎の顔を、忘れるわけがないさ」

「なら、力を貸せるな」

「ああ、どうせ暇だからね。かまわないよ」

直之進は、太一と若者とともに自分の店に戻った。

さっそく筆と墨を用意し、紙を薄縁畳の上に広げた。

「ただというわけにはいくまいな」

筆を手にし、紙を目の前にして瞳を輝かせている太一にいった。

「太一、いくらだ」

「こういうの、相場はあるの」

「さて、あるのかもしれんが、わからぬな」

「けっこう高いと思うぜ」

若者が物知り顔にいった。

「二分はいるんじゃないの」

それはいくらなんでも高すぎる、と思ったが、直之進は顔にはださなかった。

「よし、それでよかろう」

太一が腰を抜かしそうになっている。

「そんなにもらえないよ」

「相場がそのくらいなら、俺は払う」

若者がにやにやしている。

「さすがにお侍だ、やせ我慢だねえ」

「うるさい」

直之進は太一に顔を向けた。

「本当に払うからな、太一、いいものを頼むぞ」

「緊張するなあ」

「いや、すまぬ。緊張する必要はない。それに、紙は何枚もあるからな、いくらでも反故《ほご》にしてかまわぬ」

太一がかぶりを振る。

「そんなもったいないことはできないよ。一枚目で決めてみせるさ」

正座し、真剣な目で墨をゆっくりとすりはじめた。

硯《すずり》にたっぷりと墨汁がたまったところで、手をとめた。

「よし、いいよ」

太一が若者に目を向ける。若者が立て膝をして座りこんでいる。

「この格好でいいかい。この姿勢のほうが思いだしやすいんで」

「平気さ」

絵筆を手に、太一が男の顔の特徴をききはじめた。

若者は思いだし思いだしして、とぎれとぎれに口にしてゆく。

太一はすらすらと描いてゆく。

さすがに一枚目で完成というわけにはいかず、結局、四枚目で手応えのある人相書を描けたようだ。

直之進は、太一が差しだしてきた人相書を手にした。

商人然とした男だな。

これが、最初に直之進の心に入ってきた思いだ。

まず目につくのは、ふっくらとしてつややかな頰だ。

次に、柔和そうに垂れてはいるが、どこか油断ならない瞳が目に飛びこんでくる。

大きくてたっぷりとした耳だが、なぜか福耳という感じがない。全体の輪郭とうまく合っていないように見える。

どっしりとあぐらをかいた鼻も、なんとなくいやらしい。

この男が佐之助のかどわかしに関与している。

それはまずまちがいない。

必ず見つけだす。

その思いを、直之進は胸にかたく刻みつけた。

「太一、ありがとう。助かった」

直之進は心から礼をいった。

「そんなに喜んでもらえると、うれしいな」

直之進は財布を取りだし、約束の代を支払った。

きっと母親の薬代として役に立つにちがいなかった。

「本当にいいの」

太一は表情の弾みを隠せずにいる。

「ああ。これは、それだけの価値がある人相書だ」

直之進はていねいに折りたたんで、袂《たもと》に落としこんだ。

「絵がお金になるなんて、こんなにうれしいことはないよ」

「俺が、太一に最初に仕事を頼んだ男ということになるな。太一がこの先、名のある絵師になったとき、これは名誉なことだ」

若者がじっと見ている。

「ねえ、俺には謝礼はないの」

直之進は、その厚顔ぶりに目を丸くした。

「あると思うのか」

「なんでえ、そうかい。さっさと帰ればよかったな」

直之進は若者の襟首をつかんだ。

「よし、賭場に案内しろ」

「えっ、今からかい。俺はこう見えても忙しいんだよ」

「さっきは、どうせ暇だから、と申しただろうが」

「あれは言葉の綾ってやつさ。本当に俺は忙しいんだって。女と約束があるんだよ」

「女には、俺から謝っておいてやる。案内しろ」

若者が口をへの字にする。

「でもお侍、賭場はもうとっくに終わっているよ」

「賭場が無理なら、一太郎親分の家のほうでもよい」

「そっちなら、いつでもあいているだろうけど」

「四の五のいわず、とっとと連れてゆけ」

「はい、はい、わかりましたよ」

若者が狡猾そうな顔になる。

「その代わり、手紙になにが書かれていたか、教えてもらえるかい」

「駄目だ」

直之進はぴしゃりといった。

「つれないなあ」

若者がぼやく。

直之進は首根っこをつかんだまま、長屋の外に出た。

「まったく猫じゃねえんだから」

「歩け」

襟から手を放した直之進は、若者の背中を押した。

「これで鞭でも入れられたら、まったく馬と同じだね」

若者がいやいやながらも歩きだす。

直之進は、路地に立つ太一にあらためて礼をいった。

「また絵の仕事があったら、いってね」

「ああ、もちろんだ」

直之進と若者は大通りに出た。さすがに行きかう人は多い。いったいどこからこんなにわいてくるものなのか。故郷の沼里とは、人の数があまりにちがう。

直之進は、いまだに圧倒される。

「おい」

ゆさゆさと肩を揺らしながら歩く若者に、声をかけた。

「おぬし、名は」

「松五郎《まつごろう》だよ」

「なかなかよい名ではないか」

「親が一所懸命に考えてつけてくれたものだからね」

「気に入っていないという口振りだな」

「気に入ってはいるんだよ。でも、俺はいつも金がなくて、ぴいぴいいっているんで、あだ名がついちまっているんだよ」

「あだ名というと」

松五郎が情けなさそうに下を向く。

「貧五郎《まずごろう》。そう仲間内では呼ばれているんだよ」

「貧五郎か。気に入らぬのも無理はないな」

「仲間たちは、うまい呼び方だって思っているんだ」

「あまりうまいとも思えんな」

「そうだよねえ。うまくなんかないよねえ。俺はほんと、好きじゃねえんだ。そんな呼ばれ方をされているから、いつまでたっても、つきがまわってこないんじゃないかって、思えるんだよ」

直之進は諭《さと》した。

「博打からは足を洗うことだ。あれは胴元しか儲からぬ」

「そいつは、俺もわかっちゃいるんだけどねえ」

「やめられぬか」

「まあね」

その後、松五郎との会話は途絶えた。

直之進は歩を進めつつ、手紙の中身を思いだした。

それだけで、ため息が口をついて出る。

手紙には、倉田佐之助を助けたくば若年寄の小笠原相模守長貴《おがさわらさがみのかみながたか》を亡き者にせよ、と記されていた。

いったいどうしてこんなことに。

直之進は眉根をきゅっと寄せた。

俺と佐之助の関係を知っている者の仕業《しわざ》であるのはまちがいないが、佐之助を人質にこんなことを考えつくなど、信じられない。

昨夜、お咲希をかどわかそうとした者もまず無関係ではあるまい。

しかし、一介《いっかい》の侍に若年寄が殺せると、どうして思えるのか。

そのことが直之進は不思議でならない。

だが、佐之助を救うためとあれば、放っておくことはできない。

しかし、どんなことがあっても、若年寄を殺すなど、できはしない。

とりあえず、小笠原相模守長貴という人物を調べなければならなかった。

この人物の敵側に、佐之助をかどわかした者がいるのだろう。

歩を進めるたびに、行きかう人がさらに多くなってきた。祭りでもやっているのかと思えるくらい、にぎやかだ。

立ち並ぶ家々も、立派な感じのものが増えてきた。

「神田に入ったよ」

「親分の家は、ここから近いのか」

「ああ、じきだよ」

実際に、鐘が三つ鳴らされるほどの時間で松五郎が足をとめた。

意外にこぢんまりとした家だ。

松五郎に紹介されて、一太郎親分に会った。まだ眠たげだったが、人がいいのか、いやな顔は一つもしなかった。

しかし、結局は無駄足だった。

人相書の男を覚えている者は、親分を含め、一太郎一家の二十人ばかりの男たちにはいなかった。

かろうじて、用心棒が、ろうそくの光も届かないような賭場の奥に座っていた男に似ている、といったのみだ。

この用心棒は相当遣える。それはまぎれもなかった。

こんな場末のやくざの用心棒にはそぐわない腕だ。

いったいなにがあって、これだけの腕を持ちながら、落ちてきたのか。

しかし、ここで穿鑿《せんさく》してもはじまらない。人にはいろいろと事情がある。

一太郎一家の家をあとにした直之進は、ここで松五郎を解き放った。礼として、一朱、支払った。

「えっ、いいのかい」

松五郎が上目遣いに見てくる。目にはうれしげな色が浮いていた。

「さっき、あの餓鬼に大金を払ったのに、おいらにもくれて大丈夫かい。お侍、そんなに裕福そうに見えないぜ」

「おぬしが気にせずともよい。そこそこ稼いでいる」

「そうかい、じゃ、遠慮なく」

松五郎が、口にぽいっと一朱銀を放りこんだ。

直之進は呆然とした。

「そんなに驚かなくたっていいだろうに。こうしておけば、盗まれることはないからね。じゃあ、これで」

顎を突きだして会釈し、松五郎が遠ざかってゆく。

「おい」

直之進はうしろ姿に声をかけた。

「女に謝らんでもいいのか」

松五郎が振り返る。

「いいんだよ。もともと女なんか、いやしないんだから」

にっと笑って、歩きだす。

「博打に使うんじゃないぞ」

お節介と思ったが、直之進はいわずにおれなかった。

「わかってるよ」

松五郎がすたすたと歩き去ってゆく。

よし、やるぞ。

見えなくなるまで松五郎を見送った直之進は大きく息を入れた。

これから、小笠原相模守長貴のことを調べあげなければならない。

## 三

不意に田津が箸をとめ、顎をあげてこちらを見た。

「富士太郎、昨日はすごい活躍だったそうですね」

「えっ」

富士太郎は、咀嚼していた飯を噴きだしそうになった。

「な、なんのことです」

「とぼけるんじゃありません。私、珠吉にききましたよ。立ちまわりのことです」
　昨日、仕事を終えた珠吉は田津の見舞いに寄ってくれたのだ。

「ああ、あれですか」

「なんでも、珠吉は出番がなかったそうじゃないですか。ただ富士太郎のうしろにいたら、すべてが終わっていたと申していましたよ。さあ、詳しく話しなさい」

　そばで給仕してくれている智代も、ききたげな顔だ。

「でも母上。珠吉から、すでにおききになったのでしょう」

　わかっていないわね、といいたげに田津が首を左右に振る。

「じかに、犯人と相対した者からきくほうが、話はおもしろいものですよ」

「おもしろいですか」

　昨日の恐怖がよみがえり、背筋がぞわっとする。

　智代が富士太郎の気持ちを読んだのか、憂いの表情になった。そうなると、智代はいっそう美しく見える。

　富士太郎は咳払いした。

「あの浪人は、犯人というほどあくどいことをしたわけではないんですよ。それに、もしあの浪人が酔っていなければ、それがしは危うかったんですから。本当に斬られかねなかったんですよ」

智代が目を精一杯に見ひらき、息をのむ。

「富士太郎、それが楽しいんじゃありませんか」

表情を生き生きさせた田津が、身を乗りだしていう。

「ええっ」

富士太郎はのけぞりかけた。智代もびっくりしている。

「だって、あなたはこうして生きているんですもの。そりゃ、怪我をして危篤になったりしたら、私もこんなに気楽にしてはいられませんけど、あなたは傷一つ負わず、こうしてぴんぴんしている。ひなたぼっこくらいしか楽しみがない年寄りに、楽しくきかせてくれてもいいんじゃありませんか」

「母上は年寄りではありませんよ」

「いえ、もう歳です。体のあちこちにがたがきて、きしんでいますよ。ぎっくり腰も全然治りません」

「調子が悪くなったのですか」

「いえ、そんなことはありませんけど、なんとなく、昨日と変わりないなあってところです」

それは仕方ないのではありませんか、という言葉をのみこみ、富士太郎は飯を口に再び詰めこんだ。

「富士太郎、またそんな食べ方をして。少しずつ口に入れなさいと、前からいっているでしょう」

富士太郎は急に苦しくなった。

「ぼうじわげばりばぜぬ」

大丈夫ですかと智代が背中をさすってくれる。

「謝らずともよいから、早く嚙んで飲みこんでしまいなさい」

母に命じられ、富士太郎は顎を深く引いた。

「ばい」

口を一所懸命に動かし、ようやく咀嚼を終えた。

「ふう」

「これをお飲みなさい」

田津が湯飲みを膳に置いてくれた。

ありがとうございます、といって富士太郎は茶を喫《きっ》した。

「うまい」

それから富士太郎は食べることに熱中した。梅干しと納豆、わかめの味噌汁は美味この上なかった。

さすがに智代だった。感嘆の吐息が漏れ出る。

「智ちゃん、おいしいよ。ありがとね」

富士太郎にいわれて、智代がうれしそうに目を細める。

そんな様子を、背筋を伸ばした田津が穏やかな瞳で見ている。

もっとも、その瞳には富士太郎に対する期待の色も濃く宿っている。

「早く話しなさい」

田津がせがむ。

「承知いたしました」

富士太郎は、湯飲みにもう一度、口をつけた。

それから昨日の出来事を、ありのままに田津と智代に語った。

「よくがんばりましたね」

田津がたたえてくれた。

富士太郎はうれしくなった。自然と頬がゆるむ。

もう二十歳だというのに、子というのは不思議なものだ。親にほめられただけで、じんわりと喜びが体を浸してゆく。

「あなたは私の誇りですよ」

ありがとうございます、といおうとしたが、顔を伏せた富士太郎は声が続かなくなってしまった。

「また泣いているのですか。富士太郎、しっかりなさい」

「はい、わかりました」

富士太郎は顔をあげた。目尻に流れてきた涙を指先でそっとぬぐう。

そんな富士太郎を、智代がほほえましい目で見つめている。

「それで富士太郎、その浪人はどうなったのですか」

そうでしたね、といって富士太郎はうなずいた。

「事情をきいてみれば、あの浪人もかわいそうだったんですよ」

富士太郎はすぐさま言葉を継いだ。

「あの浪人は矢沢欽之丞《やざわきんのじょう》といいました。矢沢は、椿《つばき》道場という剣術道場の師範代の職を失ったばかりだったのです」

「それは、お気の毒に。どうして失ったのです」

「はい。それが、矢沢は道場主の新造《しんぞう》との密通を疑われたのです」

「それで、くびになったのですか。密通はまことのことだったのですか」

「はい、どうやら」

田津が深い目の色をする。

「その矢沢どのが酒を飲んで荒れていたのは、道場主の新造のことを忘れられずにいたからですね」

「はい、それがしもそう感じました」

矢沢欽之丞は、密通相手をあきらめようとしていた。

だが、自分の心を酒でごまかすことはできない。

「男女のあいだには、ほんと、いろいろありますね。密通というのは、古来よりずっと続いてきたことでしょうけど、いくら時代を経ても、一向に減りませんねえ。人というのは、なかなか学ばないものです」

それには富士太郎も同感だ。これまで人の愚かさというものを、数え切れないほど見てきた。

それは、これからも同じにちがいない。目をそむけたくなるような凄惨な場面を、何度も目の当たりにすることになるだろう。

しかし、まさかこんなに早いとは、まったく予期していなかった。

富士太郎は暗澹《あんたん》とするしかなかった。横で珠吉も呆然と立ちすくんでいる。

目の前は血の海だ。八畳の座敷は真っ赤に染まっている。

のたくったように全身を血にまみれさせた三人が、畳に横たわっている。

一人は女、二人は男である。

男の一人の横顔が見えている。左の眉が切れていた。

富士太郎は注意深くひざまずいて、顔をじっくりと見た。

「まちがいないですね」

うしろから珠吉がのぞきこんでいった。

「ああ、矢沢欽之丞だ」

血糊がべったりとついた刀が畳に転がっている。

右手は、短めの脇差をがっちりと握っている。こちらも、刀身が血に洗われたようになっていた。

欽之丞は腹をかっきっていた。はらわたが畳にはみ出ている。

血のにおい以外に、酒のにおいが欽之丞の体から発せられている。においの強さからして、相当飲んだのか。

場所は、本郷元町にある椿道場だ。欽之丞が師範代をつとめ、密通を疑われて解雇された剣術道場である。

残りの男女の身元も、すでにはっきりしている。

今朝、惨劇を見つけて自身番に届け出た門人が、道場主の椿弥左衛門《やざえもん》と新造の勝枝《かつえ》であると証言したのだ。

他の門人も、二人が弥左衛門と勝枝であることを、口をそろえていった。

「欽之丞が道場主夫婦を殺し、自害した。こういうふうに見えますね」

「そうだね。これを見る限り、それ以外、考えられないね」

昨日、欽之丞を解き放ったのがまずかったか。

富士太郎にしてみれば温情の措置だったが、それが仇《あだ》となってしまった。

「でも、なんというのか……」

「旦那、歯切れが悪いですね。ちがうって思っているんですかい」

富士太郎は首をひねった。

「よくわからないけど、あえていえば目かねえ」

「目、ですかい」

「うん、欽之丞の目だよ」

珠吉が合点する。

「ああ、酔って血走ってはいましたけど、酔いが醒めて事情を話しだしたときは、澄んだいい目をしていましたねえ」

「うん、そうなんだよ。あれは将来を見据えている目だったねえ。酔って刀を抜いたことを恥じていたものねえ。二度とこんなことはしないとおいらに誓ってくれたのにさ、こんなことをしでかすなんて、どうもしっくりこないねえ」

「なるほど、そういうことですかい」

「あとさ、昨日、利き腕をおいらの十手で打たれただろう。道場主を殺れるほど刀を振るえたか、それも怪しいしね」

「さいですねえ」

珠吉が納得の顔になる。

「ほかにも、なにか引っかかっている気がしてならないんだよ」

「なんに引っかかっているんですかい」

富士太郎は眉を垂れさせた。

「それがよくわからないんだよ。まったくじれったいねえ」

「ふむ、いったいなにが旦那の勘に触れるんですかね」

珠吉がまわりを見まわす。

富士太郎もつられた。

道場主の趣味なのか、壁にしつらえられた四段の棚に、茶器や茶碗がたくさん並べられている。

その数は二十ではきかない。いずれも高価そうだ。

床の間には細首の壺が置かれ、花が生けられていた。

富士太郎は立ちあがり、四段の棚に近づいた。

「棚がおかしいんですかい」

「どうもそんな気がするね」

富士太郎は茶器、茶碗をじっくりと見ていった。

しかし、なにがおかしく感じるのか、さっぱりわからない。

「駄目だねえ」

あまりに熱心に見つめすぎて、疲れてしまった。

富士太郎は目頭をもんだ。

「どれも、きっとすばらしいものなんだろうねえ。おいらには、よくわからないけどさ」

「あっしも焼物の類はさっぱりなんですよ」

「一つも欠けていないのかね」

「見た限りでは、欠けているようには見えないですねえ」

「そうだね。どれもあるべき場所におさまっている気がするねえ」

富士太郎は三つの死骸のそばに戻った。

「旦那、殺されてから、これでどのくらいたっていると思いますかい」

そうだね、と富士太郎は三つの死骸に顔を近づけた。

鼻面がつきそうになっている。鉄気《かなけ》臭さでむせ返りそうだ。

前は、こんなことをしたら確実にもどしていた。

今はそんなことはない。何度も凄惨な場面に出くわして、場慣れしたのだ。

しかし、人が殺されている光景を目の当たりにすることに、平気でいられることとは決してない。

富士太郎はつぶやいた。

「三人の血のかたまり具合からして、昨夜の九つから今朝の七つくらいまでのあいだじゃないかね」

珠吉が深くうなずく。

「あっしもそう思います」

「珠吉と意見が合うのなら、まちがいないね。検死医師の前に結論をくだしちゃ、いけないけどね」

その言葉の直後に、検死医師の福斎《ふくさい》が助手とともに姿を見せた。

福斎によれば、三人が死んだのは、昨夜の四つから今朝の七つまでのあいだとのことである。

道場主の弥左衛門は正面から袈裟懸けに斬られ、妻の勝枝は背中から刀を突き刺されたとのことだ。

欽之丞は、脇差で腹を突いたことが命を奪ったという。

「おかしな点はありませんか」

富士太郎は福斎にきいた。

「手前にはわかりませんでしたが、樺山さまはなにか」

富士太郎は無念そうにかぶりを振った。

「それがしにもよくわからないのですが、なにか気に障るものがあるんです」

いわれて福斎が死骸を見つめる。

「申しわけありませんが、手前にはわかりませんね」

「さようですか」

富士太郎は福斎に礼をいった。

「ありがとうございました。またお願いいたします」

「承知いたしました。——ああ、そうだ。こんな物が落ちておりましたよ。刀を握っている仏さんの体の下にありました」

福斎が手渡してきたのは、長さ半寸、幅が一分ばかりの金箔だった。

「なんですかね、これは」

福斎にきかれたが、富士太郎にはなんとも答えようがなかった。

ではこれで、と一礼して福斎は助手とともに去っていった。

富士太郎は金箔を紙に包み、大事に懐にしまい入れた。

弥左衛門と勝枝は、ここに二人で暮らしていた。

四十八歳と二十八歳という、年の離れた夫婦だった。子はない。

弥左衛門に妾《めかけ》はいなかった。勝枝一筋とのことだった。

二人は一緒になって、十年ほどたっているそうだ。

ないか確かめた。

その後、富士太郎と珠吉は門人たちを次々に呼んで、道場から盗まれたものが
そんなことを町方役人にきかれ、門人たちは一様に驚いていた。

欽之丞が道場主夫婦を殺し、自害してのけたのではないか、という噂がすでに駆けめぐっていた。

盗まれた物はなにもないのではないか、と誰もがいった。

茶器、茶碗の類も欠けることなくすべてそろっているのではないか、とのことだ。

実際、弥左衛門が書いた目録があり、それと照らし合わせると、茶器の類は門人たちのいう通り、すべてそろっているのがはっきりした。

弥左衛門の茶器好きは若い頃からのものだという。

弥左衛門はまとまった金が入ると、いそいそと茶器を購入してしまうとのことで、道場に大金があるはずがなかった。

門人たちに師匠の金の出入りなど知りようはないが、ここ最近、大金が入った形跡は感じられなかったそうである。

弥左衛門はまとまった金が入ることが決まると、新しい茶器が買えるとばか

り、道場内に吹聴してまわっていたそうだ。

　ここしばらく、弥左衛門が門人たちに茶器を購入するとうれしそうに告げたことはなかった。

　三人を殺したのは、金目当てではない。となると、やはり欽之丞が引き起こした惨劇というのが、最も考えやすい。

　事件を早く解決するためには、欽之丞にすべての罪をかぶせて落着させるのが、最もたやすい手立てだろう。

　だが、富士太郎の同心としての魂、気概がそれで終わらせるわけにはいかない、といっている。

　裏になにかあるのではないか。

　あくまでもただの勘にすぎないのだが、この事件を丹念に調べなければならないという気持ちを、富士太郎はひるがえすことができない。

　そのことを珠吉に伝えた。

　珠吉がにっこりする。

「旦那の思い通りにしてもらってけっこうですよ。あっしはできる限り、手伝わせてもらいますから」

「ありがとう。珠吉にそういってもらえると、一番うれしいねえ」

へっへ、と珠吉が笑う。

「あっしは旦那の一番の味方ですから」

珠吉が表情を引き締める。

「もしほかに犯人がいたとなると、欽之丞に罪をかぶせようという魂胆ですね」

富士太郎は顎を引いた。

「もしかすると、犯人は昨日の欽之丞の醜態を見ていたのかね」

珠吉がすぐさま言葉を継ぐ。

「確かにあれを見れば、欽之丞が勝枝さんへの恋慕の思いを失っていないのはわかるでしょうね」

富士太郎は首をひねった。

「犯人が昨日の欽之丞の醜態を見て策を思いつき、昨夜、この惨劇を引き起こしたとなると、準備する時間があまりになさすぎるかねえ」

「そういうことになりますかね。犯人は欽之丞の気持ちをはなからよく知っていた者ということになりますね」

珠吉が富士太郎を見あげてきた。

「——それで旦那、この一件、どこから攻めますかい」

「そうだねえ。やっぱりうらみの筋かねえ。最も考えやすいところから、攻めてみようかねえ」

富士太郎は珠吉とともに、再び椿道場の門人に話をきいた。それと同時に、様子のおかしい門人がいないか、再びさりげなく観察した。

いきなり何人かの門人の口から、同じ男の名が出てきた。

それは市来《いちき》住右衛門《すみえもん》といった。

門人たちによると、住右衛門は弥左衛門に金を借りていたのだという。

もともとは椿道場の高弟で、師範代をつとめていた。腕だけ見れば、弥左衛門より上とのことだ。

欽之丞も強かったが、住右衛門もすばらしい腕を誇っていた。

それが弥左衛門に許され、自分でも剣術道場をはじめたのだそうだ。

そのとき、大金を弥左衛門から借りたらしい。

だが、住右衛門の道場はうまくいかなかった。門人がほとんど入門してこなかったのである。

住右衛門は教え方も上手で、どうしてうまくいかなかったのか、誰もが不思議に思ったそうである。

どうやら、結局は立地のせいのようだった。住右衛門は、あまりいい場所を選ばなかったのだ。

いい指導を行い、そんなに高くない束脩《そくしゅう》であれば、人が次々に入ってくると、高をくっていたのではないか。

そんな声が多かった。

住右衛門の見こみはあまりに甘く、それがために、すぐに道場は行き詰まってしまったそうだ。

最近になって、弥左衛門から金を返すように強くいわれていたという。

どうして弥左衛門はいきなり金を返すようにいったのか。

どうやら、ほしくてならない茶器があったようなのだ。

よい茶器は、まさに一瞬で売れてしまう。その頃合いを逃したら、一生、手に入らないのだ。

むろん、急にいわれて返せるはずもない。そのために住右衛門は窮していたのではないか。

あまりに激しい催促に業《ごう》を煮《に》やし、弥左衛門たちを殺した。

住右衛門には、弥左衛門たちを殺せるだけの腕もある。

門人たちからは住右衛門以外、ほかに怪しい者の名は出てこなかった。

富士太郎と珠吉は椿道場を出て、住右衛門の道場に向かった。

しかし、道場はとうに閉じていた。

造りはひじょうに立派で、新しく入る者が望めば、今すぐにでも剣術道場がはじめられそうだ。

しかし、その立派さが、逆に建物を眺めていてむなしかった。

「これは、建物にお金をかけすぎたんじゃないのかねえ」

富士太郎はうなるようにいった。

珠吉が同意する。

「今は町人が剣術を熱心に習う時代ですけど、さすがにこの立派すぎる造りは、敷居が高かったんじゃないですかね」

近所の者にききこみ、住右衛門が今どこにいるか、調べた。

やくざ者の用心棒に成り下がっているとのことだ。

やくざ者の名と、一家がどこに居を構えているか、それを仕入れてから、富士太郎は珠吉をともなって足を運んだ。

やくざ者の親分は一太郎といい、神田に家があるとのことだ。子分は二十人ほどいるという。

あと一町ほどまで来たとき、富士太郎の目は、姿のよい一人の侍をとらえた。

距離は半町ばかり。

「あれは――」

目を凝らすまでもなかった。愛しい人を見まちがえるはずがないのだ。

「直之進さーん」

富士太郎は手を振って駆けだした。

直之進が驚いて顔をあげる。そんな表情も凜々《りり》しかった。

富士太郎は一気に駆け抜け、直之進に抱きつこうとした。

だが両腕はむなしく空を抱いた。

富士太郎は、杖をついて道を歩いていた年老いた町人にぶつかりそうになって、あわててかわした。

その弾みで足がもつれ、頭から地面に転がる羽目になった。

「だ、大丈夫ですか」

年寄りがびっくりして、抱き起こそうとする。

「ひどいよ、直之進さん」

富士太郎はがばっと立ちあがって、抗議の声をあげた。

髷《まげ》がひょろりと垂れてくる。富士太郎は払いあげた。

「どうしてよけるんですか」

その剣幕に、むしろ安堵したように年寄りが遠ざかってゆく。

「当たり前じゃないですか」

いさめるようにいったのは珠吉だ。わずかに息を弾ませている。

「旦那みたいなでかいのに突進されてぶつかったら、いくら湯瀬さまでも無事では済まなかったでしょう。湯瀬さまによけていただいて、旦那は犯罪人にならずに済んだんですから、むしろ感謝すべきですよ」

「犯罪人だなんて、大袈裟だよ」

「大袈裟じゃありませんよ。荷車だって人を引いちまったら、死罪って決まっていますからね。旦那のしようとしたことは、それと変わりありませんよ」

「荷車とねえ」

富士太郎は釈然としなかった。

すぐに直之進に目を向けた。

「直之進さん、どうしてこんなところにいるの」

直之進が説明する。

「えっ、直之進さん、一太郎一家に行ってきたばかりなんだ」

「ああ、調べ物があった」

「なんです、調べ物って。ああ、きいてもよかったですか」

「かまわんよ」

直之進が袂から一枚の紙を取りだす。人相書のようだ。

富士太郎はいわれるままに手にした。

「誰です、この人」

直之進が重い口調で説明する。

富士太郎は眉根を寄せた。珠吉が目をみはる。

「佐之助がかどわかされたって」

信じられない。

「そんな真似ができる者が、この世にいるんですか」

「いるんだ」

直之進が、富士太郎の持つ人相書に視線を当てる。

「ああ、そうか。少なくとも、この男は関係しているんですものね」

「この人相書の男が、じかに佐之助のかどわかしに関わったのか、それはわからぬ。でも、まちがいなく関与はしている」

「直之進さん」

富士太郎は呼びかけた。

「佐之助を助けだすんですか」

「そのつもりだ」

富士太郎は、やめておいたほうがいいですよ、という言葉をのみこんだ。

佐之助は殺し屋で、どうせいい死に方はしない。そんなことは、はなからわかっている。これは自業自得にすぎない。佐之助が呼び寄せた運命なのだ。

ここで直之進が救いだしたとしても、また同じような定めが待っているにちがいないのだ。

しかし、直之進がここまで一所懸命になっているのは、千勢とお咲希に頼まれたからではないか。

そうであるのなら、ここでとめても仕方がない。

「直之進さん、佐之助のかどわかし以外に、なにか隠していることがあるんじゃないの。ちがう」

直之進がぎくりとする。

しばらく黙りこんでいた。

太陽が雲に隠れ、すぐにまた顔をのぞかせた。

それを合図にしたように、直之進の面に決意の色が刻まれた。

「実は――」

驚くべきことが直之進の口から語られた。

「まことですか」

富士太郎は、そのあとの言葉が続かなかった。

「小笠原相模守長貴さまといえば」

富士太郎のあとを引き取るように珠吉がいった。

「今の若年寄じゃないですか」

「どうもそうらしい」

「佐之助を助けるために、そこまでするんですか」

「それは無理だ」

直之進がかぶりを振る。

「俺に若年寄を殺せるはずもない」

「そうですよね」

その言葉をきいて、富士太郎はひとまずほっとした。

「それで直之進さん、これからどうするんですか」

「なんとか佐之助を見つけだす。それしかない」

「力を貸したいですけど」

直之進が微笑する。

「富士太郎さんと珠吉さんは、いま事件に関わっているんだろう」

「ええ、わかりますか」

富士太郎はどんな事件が起きたか、直之進に説明した。

「それでこの町に来たのか」

直之進が納得する。

「一太郎一家の用心棒は、確かに腕利きだ。元道場主だったとしても不思議はない」

「さようですか。では、さっそく話をきいてきます」

富士太郎は控えめに直之進を見た。

「直之進さん、残念ですけど、おいとまします」

「うむ、互いに励もう」

「承知いたしました。では、これで失礼します」

富士太郎は深く頭を下げた。直之進も礼儀正しく辞儀をしている。

「直之進さん、また会えますね」

「むろん、すぐに会えるさ」

それをきいて、富士太郎の胸はあたたかくなった。

珠吉とともに歩きだす。富士太郎は直之進の姿が見えなくなるまで何度も何度も振り返った。

一太郎一家の居はすぐにわかった。自身番の者にたずねるまでもなかった。

用心棒の市来住右衛門は、町方役人にたずねてこられ、面食らっていた。

師匠に当たる椿弥左衛門が妻の勝枝とともに殺されたことをきいて、驚愕した。

師範代だった矢沢欽之丞も死んだと知り、驚きはさらに深まった。

芝居には見えなかった。心の底から驚いている。

住右衛門が三人を殺していないのを、富士太郎ははっきりと解した。

珠吉も同じようだ。

「昨日の夜、市来どのはどちらにいらしたのですか」

「いつもと同じでござる」

賭場の用心棒をつとめていたという」

「町方のお役人に、法度である賭場のことを申しあげるのはどうかと思うが、人殺しよりずっと賭場のほうが罪は軽かろう」


はなから賭場のことは、見逃すつもりだった。

賭場はどうせ寺を借りて、開帳しているのだろう。

寺であるなら寺社方に許しを得るか、寺社奉行から合力の要請がこない限り、町方は足を踏み入れられない。

「それがしが賭場にずっといたことを証言してくれる者は、大勢いますよ」

住右衛門がまわりを見渡す。

家のなかには十人ほどの子分がたむろして、こちらをちらちらと眺めていた。

「市来どのは道場主の椿弥左衛門どのに、多額の借金をしていたとか。まちがいありませぬか」

「ええ、まちがいござらぬ」

「その借金の返済を、椿どのに迫られていたのもまちがいありませぬか」

「まちがいござらぬ」

「返済はどうしようと思っていたのですか」

住右衛門の顔が沈む。

「それがしに、手立てはござらなんだ。用心棒稼業で稼いだ金を少しずつ返すつもりでいたが、道場をはじめるために借りた金を一気に返すというのは、どうあがいても無理でござった」

住右衛門が目をあげた。

「正直いえば、お師匠が殺されたときいて、肩の荷がおりたような気分になったのは、事実にござる」

住右衛門がすぐに言葉を続ける。

「だからといって、大恩あるお師匠と勝枝どのを亡き者にしようなどと、決して考えぬ」

富士太郎は信じた。珠吉も、かすかなうなずきを見せた。

最後に住右衛門に、椿弥左衛門や勝枝にうらみを持っている者に心当たりがないか、きいてから、富士太郎たちは一太郎一家をあとにした。

住右衛門が教えてくれたのは、勝枝と密通したことを弥左衛門に知られ、放逐された何人かの門人だった。

住右衛門によれば、その者たちが弥左衛門にうらみを持っているかどうか、それはわからないとのことだが、欽之丞以外にそういう者がいたとなれば、富士太郎たちにしてみれば、放っておくわけにはいかない。

住右衛門が口にした元門人のすべてに会った。

だが、いずれも三人も殺せるような者には見えなかった。

最後の元門人に会って、今日の探索は終わりを告げた。

すでに日暮れ近くになっていた。今日のところは、ほとんど犯人につながるような手がかりは得られなかった。

だからといって、富士太郎に落胆はない。それは珠吉も同じだろう。

探索は、こういうことの繰り返しでしかない。

住右衛門はもとより元門人たちが、弥左衛門たち三人を殺した犯人でないのがわかった。それだけでも探索は前に進んだといえるのである。

今日、調べを進めていて、気づいたことが一つある。

富士太郎のなかで、弥左衛門夫婦殺しの罪を着せるために、矢沢欽之丞は殺されたという思いに揺らぎはない。

つまり、欽之丞は巻き添えを食って殺されたといえるのだ。

無念にちがいない。あの世で歯嚙みしているのではないか。

その無念を、晴らしてやらなければならない。

犯人がわざわざあのような偽装をしたということは、今の身分を捨てたくないからだろう。

これは、つかまりたくないという心のあらわれと考えていいはずだ。

犯人は武家だろうか。

そんな思いが、富士太郎の脳裏をちらりとよぎっていった。

最近は、町人でも腕の立つ者がかなり多くなってきている。

それでも、欽之丞や弥左衛門ほどの者を殺せる腕前の町人というのは、そうはいなかろう。

しかし、侍でそのくらいの腕を持つ者は枚挙に暇《いとま》があるまい。

やはり武家なのではあるまいか。

むろん先入主は禁物である。

今日、富士太郎は、椿道場の元門人である数人の町人に会った。

話をきいてみて、侍とはあまりに覚悟がちがうのがはっきりした。人を斬り殺すだけの腹が据わっていない者ばかりだった。

むろん、剣を習っている町人すべてに、人を斬り殺す覚悟がないわけではなかろう。侍に劣らない強い心の持ち主も少なくないはずだ。

しかし、との思いを富士太郎はぬぐいきれない。

犯人は武家なのではないか。

ちがうだろうか。

わからない。

わからないが、今は武家のような気がしてならない。

富士太郎のなかでその思いはふくれあがり、抑えきれないものになっている。

すでに確信だった。

# 第四章

## 一

加賀美次郎遠光《かがみじろうとおみつ》という人物がいる。

甲州武田家の第三代当主清光《きよみつ》の四男で、弓矢の名手だった。

平安の昔の承安《じょうあん》元年（一一七一）、高倉天皇に取りついた病魔を、見事に払いのけたことで知られる。

承安四年にも、紫宸殿《ししんでん》の屋根に奇怪な光輪がかかったとき、これを鮮やかに消滅させている。

当時、宮中の守りについていた遠光が用いた術は、源氏に伝わる鳴弦《めいげん》の術というものだった。

弓の弦を鳴らすだけでなく、矢を放って魔物を退散させるというもので、呪術の一種らしい。

蟇目《ひきめ》と呼ばれる鏑矢《かぶらや》を使った術だったようだ。

大気を裂き、音を鳴らして飛ぶことから、鏑矢は古来より、天魔の降伏《ごうぶく》に用いられた。

空海が刻んだといわれ、宮中に三百年ものあいだ鎮座していた不動明王を、遠光は高倉天皇から褒美にいただいた。

遠光は平家追討にもめざましい働きをし、源頼朝に重用されて信濃守となった。

その遠光の次男に、長清《ながきよ》という者がいた。甲斐国の巨摩郡の小笠原《おがさわら》村で生まれ、のちに故郷を本拠として小笠原氏を称した。

元服の際に、高倉天皇にたまわった姓ともいわれる。これが小笠原家のはじまりである。

小笠原長清も父の遠光と同様、弓矢の名手だった。弓馬術の礼法である糾法《きゅうほう》師範として、頼朝に仕えたほどだ。

この糾法こそが、今に小笠原家に伝わる弓馬礼法そのものといってよい。

武家の有職故実《ゆうそくこじつ》として伝えられた小笠原家の礼法は弓馬礼法にとどまらず、女子のしつけなどの礼儀作法にも及んでいる。

直之進が亡き者にするように文でいわれた相模守長貴の小笠原家は、祖は同じ長清とするが、宗家十代当主長将《ながまさ》の弟政康《まさやす》のときに枝分かれした家である。

小笠原宗家はいま豊前小倉で六万石を領しているが、長貴の小笠原家は越前勝山二万二千石の領主をつとめている。

長貴は、もう十年以上にわたって若年寄をつとめている。歳は四十八。

長貴のことを調べてゆくうちに、直之進は瞠目することになった。

佐之助が千勢の前でつぶやいていた『ほうぶ』という言葉。

長貴は、越前勝山の剣術の流派の免許皆伝ということだが、それが鵬舞流というものだったのだ。

ことここに至り、ようやく鵬舞というものが出てきた。

鵬舞流という流派がどんな技を持っているのか、さっぱりわからないが、長貴がすばらしい腕の持ち主であるのは、疑いようがない。

殿さま剣術の域を超えていると、もっぱらの評判らしい。

さらに長貴のことを調べた。

若年寄としての長貴である。

長貴は切れ者として知られていた。だから、十年以上にわたり、若年寄の地位を手放すことがなかったのだ。

若年寄は老中の次に重要な役職で、旗本や御家人に関することを主に司《つかさど》っている。将軍にじかに属す職である。

長貴は、これまで辣腕《らつわん》を振るってきた。懐刀《ふところがたな》に江井田録右衛門《えいだろくえもん》という者がおり、それと一緒にずっと仕事をしてきた。

二人は容赦なく権力の鞭を振るった。

二人によって、取り潰しに追いこまれた旗本は多数にのぼる。

そういう者が、長貴をうらみに思い、佐之助を人質にとって直之進に殺せといってきたのか。

最初は、佐之助に仕事を依頼したのかもしれない。

それを、今は仕事をしていない佐之助は断った。

口封じのために、その者は佐之助をかどわかした。

いや、そうではなく、お咲希を人質にし、佐之助に仕事をやらせたかったのかもしれない。

それが、直之進の働きもあって、お咲希を奪うのにしくじった。

ならば、その邪魔をした者を使ってやれ、と判断したのか。

そのために、自分のもとに手紙が届いたのか。

小笠原相模守長貴を殺さなければ、佐之助は解き放たれない。

しかし、仮に直之進が長貴を殺したからといって、佐之助が解き放たれることは、まずないのではないか。

こんな卑劣なやり口をする者が、約束を守るはずがない。

となれば、長貴を殺したところで殺し損でしかない。

二万二千石の大名の当主を、実際に殺せるはずもない。

佐之助なら殺《や》れるのだろうか。

もし佐之助が仕事を受けたとしたら、それは殺れるというのを意味している。

あの男は、いったいどういう手立てを取るのだろう。

若年寄の役宅に忍びこむのか。

それとも、登城のとき、下城のときのどちらかを狙うのか。

千代田城に忍びこんで殺害を企てるのだろうか。

どの手立てを取るにしろ、自分にできることではない。それは、はっきりしすぎている。

直之進は、若年寄を殺すことはできない、と覚った。

であるなら、やはり佐之助を解き放つことだけを考えたほうがよい。

長貴を仇と考えている者。それを徹底して調べなければならない。

実際に直之進は調べはじめた。

確かに敵は多いが、殺そうとするまでの者は出てこない。

もし長貴を仇として考えている者がいるならば、一度くらいそういう動きが表にあらわれていてもおかしくないのだが、これまでまったくそんな動きが出てきたことはないようだ。

となると、佐之助をかどわかしたのは、若年寄としての長貴をうらんでいる者ではないことになる。

話はもっと単純なことなのか。

長貴という男がこの世にいることを、疎《うと》ましく思っている者が、実はいるのではないのか。

直之進はそういう者がいないか、勝山小笠原家のことを調べあげた。

一人、もしやそうではないか、という者が浮かんできた。

長貴の父親は長教《ながのり》という。

長教の子は、この長貴一人ということになっている。

しかし、実際には長貴には弟が一人いるのだ。

腹ちがいの兄弟で、名は教房《のりふさ》。

長教の正室が悋気《りんき》持ちで、この正室を恐れて、長教は公《おおやけ》にしなかったようだ。

教房の母は、家臣の娘とのことだ。

すでに長教だけでなく、正室もあの世の住人になっている。

長貴には六人のせがれがいた。うち四人は早世してしまっている。

側室の腹の五男は十三歳、正室が生んだ六男はまだわずかに七歳でしかない。

もし長貴に万が一のことがあれば、この二人のどちらが跡を継いでも、政を切りまわすのは、まず無理だろう。

となれば、教房に出番がまわってくることになる。

教房は四十ちょうど。

人生五十年とすれば、そろそろ焦りはじめてもおかしくないときだろう。

自分はこのまま、花を咲かせぬまま朽ちてゆくのか。

その思いが高じ、腹ちがいの兄を屠《ほふ》ろうとしても不思議はないのではないか。

この教房が、佐之助をかどわかしたのだろうか。

わからない。

そうである以上、調べを進めるしかなかった。

教房の評判は、さしてかんばしいものではなかった。

あまり出来のいい弟とはいえないようだ。大名の部屋住という身分にありながら、一時、博打に走ったことがあるという。

酒に溺れたこともあるらしい。

今はようやく立ち直ってきたらしいが、家中の者には、兄とは異なる出来損ない、と白い目で見られているようだ。

そういうこともあって、家中に力はまったくない。

家中で力添えをしてくれる者はただの一家だけだ。

母親の実家である。

実家というのは、越前勝山で百八十石取りの中老の家だそうだ。

今も当主が、中老の地位についているという。

この中老は阪田《さかた》貞久《さだひさ》といい、三十六歳。教房の従弟に当たる。

教房の母と貞久の父が、姉弟になるのである。

今、教房は江戸にいる。三年前、長教の正室が死去し、それを潮に江戸に出てきたのである。

長貴に上屋敷の近くに屋敷を建ててもらい、そこで暮らしている。

江戸暮らしがことに気に入ったようで、以来、一度も勝山には帰っていないようだ。

妻だけでなく、二人ほど側室も置いているようだ。

妻と側室とのあいだに、二人の子もいるらしい。

二人ともまだ幼い。

国元の中老の貞久が、教房に小笠原家の家督を継いでほしいと願ったとしても、江戸の小笠原家中を動かすだけの力が果たしてあるものなのか。

直之進が一人、教房のことを調べてわかったことは、これだけだった。

日があまりないこともあり、正直、深く調べることができていない。

教房が小笠原家の家督を望むような野心を抱く者なのかどうか、そのあたりのことも、よくはわからなかった。

直之進には、腰のあたりから背中にかけて、ちりちりと焼かれるような焦燥の思いがある。なんとかしなければ、と思うが、事態はいい方向に進んでくれない。

夜、直之進の長屋をふらりと訪れた米田屋光右衛門が、ただ一つ、教房のことを教えてくれた。

光右衛門自身、手広く商売をしているだけあって、教房の屋敷に人を入れたことがあるというのだ。

まだほんの二年ほど前のことにすぎないという。

光右衛門は、勝山小笠原家の部屋住に直之進がなぜ興味を抱いたのか、不思議がったが、ほとんど穿鑿することなく、知っていることを教えてくれた。

「教房さまと懇意にしている商家があるのでございますよ」

「商家というと」

「俵《たわら》屋《や》さんといいます。漆《うるし》を扱っている大店でございます」

「大店か。奉公人は多いのか」

「六、七十人はおりましょう」

「そいつはなかなかのものだな。どうして教房どのは懇意になった」

「湯瀬さまは、教房さまがいっとき博打に走ったことがあるのをご存じですか」

「うむ、知っている」

「でしたら、話が早い」

光右衛門が唾を飲みこむ。

「博打からの帰り、教房さまは、誤って橋から落ちた俵屋さんの娘を助けたのでございますよ」

「娘が橋から」

「ええ。なんでも、買物帰りに、気持ちのよい川風に当たっていたら、不意にめまいがして、供の者が伸ばした手をかすめるようにして、欄干を越えて落ちてしまったのだそうです」

「それは、大川でのことか」

「いいえ、深川のほうとききましたから、大川ではございませんでしょう。きっと横川か小名木《おなぎ》川の出来事にございますよ」

「教房どのは、川に飛びこんで娘御を救ったのだな」

「はい、そういうことだと思います。以来、命の恩人ということで、俵屋さんは教房さまを、下にも置かないもてなしぶりだそうでございます」

「うむ、ふつうの考えの持ち主なら、そういうことになろうな」

「それで、そのことが縁になって、その娘さんは今や、教房さまの側室におさまっていますよ」

「ほう、そうか。互いに惹かれ合ったものがあったかな」

「その娘さんを側室としてお屋敷に入れてから、教房さまは博打をぴたりとおやめになりましたよ」

「ほう。では、とてもよい縁だったことになるな」

「はい、まことに」

直之進は顎に触れた。さすがにだいぶひげが伸びてきている。

「教房どのに悪い噂はきかぬか」

光右衛門が考えこむ。

「ないといえば、嘘になりましょう」

直之進は身を乗りだした。

「話してくれ」

光右衛門がわずかにためらう。

「あくまでも噂ということにございますよ」

「わかっている」

光右衛門の細い目に、暗い光がかすかに宿った。

「江戸屋敷の御典医をたぶらかし、当主の長貴さまの毒殺を謀ったという風聞が、漏れきこえてきたことがございました」

　直之進は、やはり佐之助をかどわかしたのは、教房だろうか、という思いをあらためて抱いた。

「教房どのは野望の持ち主なのか」

　光右衛門が、どうだろうか、という感じで首をひねる。

「大きな声では申せませんが、大名家で毒を飼う、飼われるなど、日常茶飯事ではございませんか」

「まあ、そうだな」

　直之進は苦笑するしかなかった。主家でも同じことがあった。

「そのことが公儀に知れ、取り潰しに追いこまれた大名家も少なくない」

　しかし、と光右衛門がいった。

「露見していないだけで、殺したい相手に毒を飼うのに成功した家も、また少なくないのでしょうね」

「うむ、おそらくそういうことになろうな。毒を飼うなど、おぬしのいう通り、なんら珍しくはないということだ」

「そういうことですので、教房さまが家督の座に格別強い思い入れがあるものとは、手前、思っておりません」

「なるほど」

直之進は納得した。

「しかも、毒飼《どくが》いのことは本当に噂にすぎず、実際に行われたのかも、わかっていません。御典医は今も江戸屋敷におりますし、教房さまにもなんのお咎めもございません」

「ふむ、そういうことか」

直之進は光右衛門に顔を近づけた。

「教房どのの最近の評判はどうだ」

「悪いものではございません。今は身持ち、行状もすっかりあらたまっているそうにございます。生まれ変わった、とまわりの者は見ているようにございます」

となると、佐之助をかどわかしたのは、教房ではないか。

しかし、当たってみる必要がある。自らの手で、確証を得ることなく、教房は無罪であるとの断をくだしていいとは思っていない。

直之進は厳しい顔をつくった。

「湯瀬さま、なにをお考えになっているのでございますか」

「ちとな」

光右衛門が眉を曇らせる。

「この前、千勢さまが家《うち》にいらっしゃいましたね。そのとき、佐之助が行方知れずということは手前もおききしました」

そっと息継ぎをした。

「湯瀬さまは、今も佐之助を探していらっしゃるのですね。教房さまのことも、そのことと関係しているのですね」

そうだ、といって直之進は鵬舞流という剣術の流派のことを話した。

「ほうぶ、というのは、佐之助が口にした言葉とのことでしたな」

「うむ。そういう流派が、越前勝山にあるのだそうだ。それで今、勝山小笠原家のことを探っている」

光右衛門が膝行し、直之進の顔をのぞきこんできた。

「まさか忍びこまれるつもりじゃ、ないでしょうね」

直之進はにやっとした。

「さすが米田屋だ、勘がよいな」

光右衛門の血相が変わった。

「おやめください」

叫ぶようにいう。

直之進は高く手をあげて、光右衛門を制した。

「声は低くしてくれ。なにしろ紙も同然の壁ゆえ」

失礼いたしました、と光右衛門がこうべを垂れる。

「しかし湯瀬さま。まことに忍ぶおつもりでございますか」

「うむ、決意は変わらぬ」

「危のうございますぞ」

「佐之助がいなければ、危なくはなかろう。屋敷内はのんびりしたものにちがいない。それを確かめたら、さっさと出てくる」

光右衛門が、音を立てて喉仏を上下させる。

「もし佐之助がいたら」

「することは一つだ」

「お一人でですか」

「そうだ」

「湯瀬さま、どうしても行かれるのでございますか」

「うむ」

「おきくが、行かないでください、と申しても」

さすがに痛いところを突いてくる。直之進はしばし考えた。

口をきゅっと引き結ぶ。

「仕方あるまい」

「さようにございますか」

光右衛門がうつむく。言葉を忘れたように黙りこんでいた。

鈍く光る目をあげる。

「男には、確かにやらねばならぬときがございますからな」

以前、自分も同じようなことをしたことがあるような口調だ。あるいは商売のことで、女房の懇願を振り切ったことがあるのかもしれない。

「それならば、せめて平川さまをお連れください」

のほほんとした人のよい笑みが、脳裏にじんわりと浮かんでくる。

一緒にいたら、心強いのは確かだろう。

直之進は、駄目だといった。

光右衛門が意外そうに顔を起こす。

「どうしてでございますか」

「あの男、忍びこむ際に足手まといになる。まちがいない」

光右衛門が、もっともだという顔になった。

軽いため息をつく。唇をなめてから口をひらいた。

「湯瀬さまは、忍びこみに自信がおありなのでございますか」

「自信というほどのものはないが、琢ノ介を連れていくより、一人のほうがいいという確信はある」

さようにございますか、と光右衛門があきらめたようにいった。

「平川さまが駄目ならば、手前がついてゆきたい……」

なんだと。直之進はさすがにあわて、腰が浮きかけた。

「それは頼むからやめてくれ」

「湯瀬さま、手前が行くことがいやなのでございますか」

どうして、という顔できいてくるから、直之進は愕然としかけた。

「いやとか、そういうことではない。こんないい方はしたくないが、おぬしが来てもなんの役にも立たぬ」

光右衛門が残念そうにうなだれる。

「さようにございましょうなあ。手前は無力ですなあ」

直之進の力になれないことが、悔しくてならないという風情だ。うう、と伏せた顔を両手で覆った。

「米田屋、なにも泣くことはない」

直之進は、ごつごつした骨太の肩をやさしく抱いた。

光右衛門が直之進を見あげ、いきなりにこりとした。

「冗談にございますよ、湯瀬さま。嘘泣きにございます。手前に、忍びこみという荒技ができるわけがございません。それは、もとより承知いたしております」

光右衛門が吐息を漏らす。

「しかし、湯瀬さまはおやさしい。樺山の旦那のお気持ちもわかるような気がいたしました」

直之進は光右衛門から手を離し、どすんと薄縁に座りこんだ。

「まったく相変わらず狸だな」

涼しい風が、闇の向こうからゆったりと吹き渡ってくる。

梢が、さわさわと心地よい音を立てている。

枝と枝が触れ合う、かたい音も響く。

どこかで犬が遠吠えをはじめた。だが、すぐに飽いたのか、声は夜空に糸を引くように消えていった。

直之進は自らを足元まで眺めやった。暗い色の着物を着こみ、袖をがっちりと紐で結び、裾はからげている。

これならば、忍びこみに障りが出ることはあるまい。

狭い路地を出、名もわからないちっぽけな寺の門脇に移り、直之進は左右を見渡した。

ここは下駒込村である。

谷中《やなか》にほど近いこともあり、さすがに家は立てこんでいる。

とはいっても、田畑も多く、昼間ならば百姓家や疎林を眺めることができよう。

半町ほど右手に、ほの白さを見せているのは常夜灯である。

そのわずかな明かりを突き破ってこちらにやってくる者など、一人もいない。

人の気配はまったくない。

木々の香りにまじり、肥《こえ》のにおいもしている。馬糞臭さが町なかにくらべ、だいぶ濃くなっていた。

直之進はそっと息をついた。

目の前に低い塀がある。高さは、半丈ばかり。

これなら楽に乗り越えられる。

この塀の向こうに佐之助をかどわかした者がいるかもしれないのに、この低さはなんともそぐわない。

もっとも、あわてて塀を高くしたら、そのほうがよほど怪しまれよう。

塀の向こうに、大寺のような屋根を持つ建物が、にじむように見えている。

あそこに、小笠原教房が妻と妾とともに住んでいるのだろう。

庭には、離れと茶室があるという。ほかにも、女中と下男が住む長屋に厩《うまや》、納屋があるとのことだ。

あと、蔵が一つ建っている。左手に見えている影がそれだろう。

それらは、すべて光右衛門が教えてくれた。

佐之助は、それらの建物の一つに監禁されているのかもしれない。

どこだろうか。

最も考えやすいのは蔵だろう。

蔵にじっと目を当てた。

隔たりがありすぎて、人がいるかどうか、気配を嗅ぐことはできない。

視線を動かす。ほかにひとがいそうな建物はないか。

直之進は夜目が利く。

これは、旧主の宮田彦兵衛に仕えていたときの名残である。

直之進は刀の柄に手を置いた。引き抜き、目釘をあらためたくなる。

佐之助を助けだすために、教房の家臣とやり合うおそれがある。

もう一度、目釘をみたいという思いに駆られる。

しかし、それは長屋でしっかりとやってきた。

今することではない。

直之進は気持ちを抑えこみ、じっとときを計った。

風は相変わらず吹き続けている。少し強くなったようだ。

近くから、戸や雨戸ががたつくような音がきこえてきた。

これならば、仮に物音を立てたとしても、風の仕業と思ってくれるのではないか。先ほどよりずっと、忍びこむのにはいい状況になってきた。

――行くか。

直之進は一人、顎を引いた。足音を立てないように足を踏みだす。

さすがに胸がどきどきする。忍びこむなど、慣れるようなことではない。

また目釘をあらためたくなってきた。刀を抜きたくて仕方ない。

だが、ここは我慢するしかない。

時刻は、すでに九つを四半刻はまわっただろう。

誰もが熟睡しているのではないか。

直之進は道を横切って塀に近づき、手をかけた。

腕に力を入れ、ひらりと塀を飛び越えようとして、とどまった。

視線を感じた。

どこだ。

いったい誰が見ている。

背筋に冷たい汗が這う。

直之進は体を返し、塀に背中を預けて、視線を覚えたほうに目をやった。

こちらを見ている者は、少なくとも視野に入ってこない。

だが、勘ちがいではない。

歯にくっついて咀嚼もままならない飴のように、じっとりと粘り、気持ちを苛立たせる視線だった。

もしや見張られているのか。

だとすると、忍びこみはやめておいたほうがいいのか。

直之進は強く首を振った。

ここまで来て、やめられるものではない。佐之助は助けだされるのを、じっと待っていよう。

直之進はもう一度、まわりを見渡した。

やはり人などいない。

そのとき常夜灯のあたりでちらと人影が動いた。

直之進は地を蹴った。足をやわらかく使って、足音が立たないようにする。

半町の距離はあっという間になくなった。

直之進は、いつでも刀が抜ける姿勢を取った。

常夜灯の反対側に、用水桶がいくつか置かれている。

その陰に、人の気配が濃厚に漂っていた。気配どころか、実際には尻のあたりも見えている。

間抜けとしかいいようがないが、むろん油断はできない。

直之進は腰を落とし、じりじりと近づいていった。

「おい」

押し殺した声をかけた。

「出てこい」

「き、斬るなよ」

やや甲高い声は、よく耳になじんだものだった。

のそりと人影が用水桶の脇に立った。

直之進は力が抜けて、へたりこみそうになった。

「琢ノ介……」

「やあ」

明るく手を振る。声が静寂の壁を叩き割ってゆく。

「やあ、ではない」

直之進は琢ノ介を見据えた。

「もっと声を小さくしろ。——琢ノ介、どうしてここにいる」

「米田屋にきいたんだ」

琢ノ介が説明する。

「夕餉を馳走になりに行ったら、ちと暗い顔をしていたんでな、どうしたときいたら、ぺらぺらとな」

そうか、とため息とともに直之進はいった。

「だが直之進、米田屋を責めるなよ。あの男はおぬしのことが心配でならんのだ。なにしろ、おきくの婿となることが決まった男だからな」

直之進は、よくしゃべる琢ノ介のぼんやりとした顔を見た。

「おぬしだったのか」

「うん、なんのことだ」

「俺を見ていたのだろう」

「ああ、先ほどからな。わしはあまり夜目が利かんし、この闇のなかだから、あまりよくは見えなかったが」

だが、この快活な男の視線としては、あまりに粘りすぎていた。

どうも納得いかない。

「直之進、忍びこむのだろう。わしもお供をするぞ」

「いらぬ」

直之進は一蹴した。

「どうして」

琢ノ介が意外そうにきく。

「わけは米田屋からきいただろう」

「わしが足手まといになるということか」

直之進は黙って顎を引いた。

「見くびってもらっては困る。わしは、忍びこみは得手《えて》ぞ」

「そうは見えぬ」

「若い頃、まあ、わしは今も若いが、近くの村の後家や娘のもとに夜這いをしたものだ。ときには亭主がいるそばで、ことをいたしたこともある」

直之進は唖然とした。

「おぬし、そんなことをしていたのか」

琢ノ介が見返してきた。

「なんだ、おぬしはそういうのがなかったのか」

直之進は返す言葉もなかった。

「田舎ではありきたりのことだがな。そうか、直之進はしなかったのか」

直之進は眉を指先でかいた。

「しかし、こたびのことは夜這いとはちがうぞ」

「わかっておるさ。だが、わしには自信がある」

根拠のない自信でしかない。

「よいか、忍びこみは俺一人でやる」

直之進は宣した。

「直之進、おぬしは自信があるのか」

「正直いえば、ない。本職というわけではないゆえ」

直之進は、闇に浮かぶ、ややたるんだ顔を見つめた。

「おぬしは、屋敷の様子を見張っていてくれ。もし屋敷内で騒ぎが起きたら、そのときは駆けつけてくれ」

「あまり華々しさのない役まわりだな」

直之進は、ずっしりと重みのある肩を叩いた。

「頼りにしている。戦《いくさ》でも後備がいるから、先鋒は心置きなく戦えるものだ」

琢ノ介がにこりとする。人をほっとさせる笑顔だ。

「直之進、おぬしもだいぶ口がうまくなってきたな」

肩をばしんと叩き返してきた。その音は、さらに強まってきた風にあっという間にさらわれた。

「まかしておけ。しっかりと見張っておいてやるゆえ、もし佐之助がいれば、必ず助けだしてこい」

「うむ、ありがとう」

「しかし直之進、本当にあの屋敷に佐之助がいるのか」

「わからぬ。とにかく行って、確かめてくる」

直之進はきびすを返し、暗い道を歩きだした。

琢ノ介がついてくる。

直之進は、先ほど立っていた寺の門脇まで戻った。

「わしはここにいる」

琢ノ介がそばの路地を指さす。

「頼む」

直之進は琢ノ介に向かって、うなずいてみせた。

「では、行ってくる」

直之進は道を突っ切り、低い塀に手をかけた。琢ノ介がひやひやしながら見ているのが知れる。

今度は、先ほどのじっとりとした視線は感じない。

直之進は塀を軽やかに越え、土に足をついた。

外から見たときより、屋敷の木々はずっと深い。

直之進を警戒したように、梢がひときわ強く鳴った。

なんとなくいやな気がした。

だが、ここでとどまっているわけにはいかない。

直之進は進みはじめた。

すぐに木々は切れた。

直之進は欅の大木の陰に、ひざまずいた。刀に手を置く。

ここまで来てしまえば、目釘をあらためようという気にはならない。すでに覚悟は定まっており、心が揺れるようなことはない。

母屋らしい建物はすぐそばにあるが、遠くから眺めていたときよりも闇が濃くなったようで、やや見にくく感じられた。

敷地内は、うっすらと霧がかかっている様子だ。

どこからかにじむように灯りが入りこみ、母屋の隅のほうだけが、ほんの少しだけ明るく感じられる。

木々が騒ぐ。

それに押されるように直之進は足を踏みだした。姿勢を低くする。

母屋までは、ほんの五間ほどしかない。

直之進は濡縁の前に進んだ。

濡縁《ぬれえん》にのり、なかの気配を嗅ぐ。

いびきが地響きのようにきこえてくる。なんの心配もしていない豪快さだ。当主の教房か。

案ずる事柄があっても、熟睡できる者など、いくらでもあろう。それとも、佐之助のことなど歯牙にもかけていないのか。

光右衛門によれば、この屋敷には十人もいないとのことだ。

教房の家臣はせいぜい五、六人で、そのうちの二人が、腰の曲がりかけた年寄りなのだそうだ。

どうやら、江戸詰で隠居した者がこの屋敷で新たに使ってもらっているのではないか、とのことだ。

となると、用心すべきは四人ということになる。

どこにいるのか。

宿直《とのい》をつとめているのか。

だが、その気配もない。

背後にいて、今にも斬りかかろうとしているのか。

気にはなったが、そこにいないのは肌で感じている。

直之進は、そろりそろりと濡縁を横に進んでいった。

母屋には男が一人と女が二、三人いるのがわかった。

女は妻と妾だろう。

ここに佐之助はいない。

直之進は判断し、庭に向かった。

庭には離れと茶室がある。

怪しいと思った蔵よりもこちらを先にしたのは、人がいるのがはっきりと伝わってきたからだ。

六畳二間ほどの広さを持つ離れには、男が二人いるのがわかった。二人とも眠っている。寝息は少しかすれ気味だ。

ここが、老体の二人の家臣の居室として与えられているようだ。

ときおり歯ぎしりがきこえるが、二人とも熟睡している。

ここにも佐之助はいない。

茶室に人けはまったくなかった。

蔵に向かう。

だが、ひっそりとして、ここに人がいるようには思えなかった。

やはり佐之助がいるのは、この屋敷ではないのか。

下男、下女が暮らす長屋にも行ってみたが、ほかと同じように佐之助の気配はない。

門に足を伸ばす。

長屋門になっており、そこから人の気配が濃厚にしていた。

直之進は長屋門の下に入りこみ、頭上をうかがった。

長屋門は、いくつかの部屋に仕切られているはずだ。寝息やいびきの若さからして、ここに教房の家臣が居室を与えられているようだ。

直之進は寝息やいびきの数を数えてみた。

四つだった。

ということは、やはり宿直は置いていないのだ。

佐之助を見張る者も、いないということになる。

この屋敷ではなかった。

小笠原教房は、佐之助をかどわかした者ではなかった。

直之進は深い木々にわけいり、塀に向かって歩いた。

かすかに鼻歌がきこえてきた。

あのたわけが。

直之進は腹が立った。

塀をすぐさま乗り越え、ひらりと地に降り立った。

「無事に帰ってきたか」

ほっとした顔で琢ノ介が近づいてきた。

「この馬鹿」

直之進が声を殺して叱ると、琢ノ介がきょとんとした。

「直之進、なぜそんなことを申す」

「鼻歌を歌っている場合か」

「ああ、それか。すまぬ。暇だったものでな、つい」

琢ノ介がひょいと頭を下げる。

「まったくしようがないやつだ」

直之進は袖から紐を取り、裾も元に戻した。夜道を歩きだす。

「どうだった」

琢ノ介がきいてきたが、すぐさまいい直した。

「佐之助がいなかったからこそ、手ぶらで戻ってきたんだな」

直之進は足を運びつつ、腕組みをした。

「やつはいったいどこにいるのかな」

「もうほかに目当てはないのか」

「ああ」

「小笠原長貴どのに、ほかに兄弟は」

「おらぬ」

直之進に肩を並べてきた琢ノ介が、うしろをちらりと振り返る。目は、闇に紛れた教房屋敷をとらえているようだ。

「あそこに佐之助はいなかったか。つまり、教房どのは長貴どのの地位を望んでいなかったということか」

「そういうふうに考えるしかないな」

「思いだしてみれば、越前勝山の小笠原家といえば、飢饉では多くの餓死者をだし、百姓一揆も頻発したらしいなあ」

「ほう、よく知っているな」

「わしも勝山と同じ北国の出だから、噂はときおりきこえてきたよ。勝山は霊峰として知られる白山《はくさん》の近くで相当の豪雪地らしいし、二万二千石といっても、実際にそこまで米は穫れぬだろう。その上、殿さまが若年寄で、なにかと入り用だ。貧しい家がさらに貧しくなっている」

　琢ノ介のいいたいことが、直之進にも解せた。

「そんな家の殿さまの座を、教房どのは望まぬということか」

「直之進ならどうだ。なりたいか」

「そのような気はまったくないな。それに、やはり窮屈なのはいやだ。貧しい家ならば、相当の窮乏にも耐えなければならぬのだろうし」

「うむ、教房どのもきっと同じなのだろう。政をまかせられれば待っているのは激務だろうし、そんな辛抱はできぬと考えているのかもしれぬ。それなら、今の気楽な身分のほうがよほどよい」

　そうだな、とうなずいて直之進は歩き進んだ。

両側は田畑が消え、町屋になっている。行く手には小禄の武家屋敷がかたまっているのが夜目に眺められる。

もういいかな、といって琢ノ介が小田原提灯に火を入れる。

橙色の輪ができ、それが地面をやわらかく照らす。

「提灯を持たずに夜道を行くのは、法度だからな。こんなことで牢屋に入れられることはなかろうが、ちゃんとしとかぬと、気分が悪い」

とっくに町々の木戸は閉まっている。直之進たちはいちいち木戸番にあけてくれるようにいって、木戸を抜けていった。

木戸番が、次の木戸に通行人が行くのを教えるために拍子木を鳴らす。それが夜気をゆるやかに震わせてゆく。

「佐之助の野郎、いったいどこに行っちまったのかな」

琢ノ介が、目の前の面影を殴りつけるように右手の拳を振るう。

「くたばっているとはとても思えぬが、はやくあの渋い顔を目の当たりにせぬと、落ち着かんな。助けてもらった礼だって、まだいっておらぬ」

「うむ、俺も沼里から江戸に戻ってから、まだ会っておらぬ」

「あんな男でも、顔を見ぬと、寂しいものよな」

琢ノ介でもこんなふうに思うのだから、千勢はなおさらなのだろう。早く会わせてあげたいと心から願う。

「しかし、直之進も人がいいよなあ。自分の妻の依頼で、その想い人を探しているんだから――」

直之進は琢ノ介を突き飛ばした。

巨体が吹っ飛び、地面に這いつくばった。小田原提灯が琢ノ介ともつれるように転がり、道脇の塀に当たってとまった。激しく燃えあがる。

「な、なにをする、直之進」

手足をばたつかせて起きあがった琢ノ介が叫ぶ。

「気に障ったんなら、言葉でいえ。いきなり手をだすとはなにごとだ」

直之進はろくにきいていなかった。すでに刀を抜いている。

目の前に人影が立っている。背丈は五尺四寸ほどか。直之進より五寸ほど低い。

闇に白く光っているのは、直之進に向けられた切っ先である。風に吹かれた花びらのように、かすかに揺れている。

小田原提灯が燃え尽き、闇がひっそりと戻ってきた。

「何者だ」

直之進は厳しい声を発した。

すすっとすり足で動き、無言の相手が踏みこんできた。

頭巾を深くしている。裾はからげ、襷《たすき》もしていた。

刀が上段から落ちてくる。うなりをあげて白刃が闇を裂く。

直之進は左に動いてかわした。

刀が反転し、追ってくる。

直之進はうしろに下がってよけた。相手の腕が伸びている。

直之進はそこを狙った。

男が軽やかに足を運んだ。直之進の刀は空を切った。

男が突進してきた。直之進を間合に入れるや膝を折り、胴を狙ってくる。

直之進は右に避けた。刀が意志を持っているかのように鋭く横に曲がり、直之進を追ってきた。

突きだ。

直之進は刀の峰で弾きあげた。今度は男の腕があがった。

左の脇に隙が見えた。すかさず直之進は刀を振るった。

斬ったのは再び空だ。

男の姿がかき消えている。土と化したようにかがみこんでいるのが、視野の真下にかすかに見えた。

男が蛙のように勢いよく跳躍し、刀を繰りだしてきた。

またも突きだ。

切っ先がほとんど見えなかった。

直之進は思い切り背をそらし、顎をのけぞらせた。

よけられた自信はなかった。

顎をかすめて、渦を巻いた風が猛然とすぎてゆく。

直之進は反っくり返りすぎた。足元が少しふらつく。

男は、すでに袈裟懸けの姿勢を取っていた。黒い影がそびえるように見えている。

直之進は体をよろけさせていた。

狙い澄ました刀が振りおろされた。

「直之進、危ないっ」

直之進はぎりぎりまで見切って、体《たい》をさっと動かした。

うなりをあげて刀が耳元を通っていった。痛いくらいだ。

直之進は刀を逆胴に払った。

ぴっと音がし、男の着物の袖が切れたのが知れた。

男が驚いたようにうしろに下がる。

直之進は間合を詰めようとした。

男がいきなり咳きこみはじめた。背を丸めている。

いきなり体を返し、走りはじめた。

直之進はだんと土を蹴った。琢ノ介が遅れじとついてくる。

男はよたよたと駆けている。闇に紛れこもうとしているようだが、走る速さはあがらない。

男の背中まで、ほんの三間ほどしかない。あれなら、すぐに追いつける。

直之進は足をすばやく動かした。

あと一間ほどまで迫った。

男はまだ咳がとまらないようだ。

これなら、刀を使わずともとらえられるのではないか。

直之進は左手を伸ばし、男の襟をつかもうとした。

だが、横合いの路地からなにかが飛びだしてきた。

槍か。

体を貫こうとはしていない。足を払おうとしていた。

直之進は飛び越えた。

わあ、という声が背後からきこえた。その直後、板が割れるような轟音が響いた。

直之進は思わず振り返っていた。

琢ノ介が道脇の用水桶に体を突っこんでいる。

うつぶせになって、ぴくりとも動かない。

「琢ノ介っ」

直之進は男を追うのをやめ、道を引き返した。男は気になるが、友を見捨てるわけにはいかない。

突きだされた槍はすでに引かれ、路地にひそんでいた何者かの気配も消えている。

「琢ノ介」

男が戻ってこないのを確かめて、直之進はかがみこんだ。

「死んだのか」

　こんなことで、くたばったりしない男だ。佐之助と同じくらいしぶとい。

「とっとと起きろ」

　直之進は肥えた体を揺さぶった。

　うーん、と琢ノ介が寝ぼけたような声をだす。

「直之進、わしは生きているのか」

「当たり前だ」

　琢ノ介がごろりと仰向けになった。顔に土がいっぱいついている。

「いてててて」

　直之進は一応、琢ノ介の体を見た。

「ふむ、どこにも怪我はないようだな」

　顔の土をぱしぱしと払ってやる。

「直之進、いい加減なことを申すな。この痛みは尋常ではないぞ。骨が何本か折れておろう」

「一本たりとも折れておらぬ。おぬしの骨は帆柱のように太い。用水桶などに負けぬ」

「わしのようなか弱い男に向かって、なんという言い草よ」

「とっとと立て」

直之進は琢ノ介を引っぱりあげた。

「痛いな」

少しよろけた琢ノ介は首を押さえている。

「こいつは、首の骨が折れているのではないか」

「折れていたら、とうに死んでいる」

「直之進、これはおぬしにやられたんだぞ」

直之進は、首をなでさすっている琢ノ介に顔を向けた。

「突き飛ばしたときか」

「そうだ。思い切りやりやがって」

「あのくらいやらぬと、おぬしを吹っ飛ばすことはできぬ」

「しかし、おぬしが狙われたのだろう。どうしてわしが飛ばされなければならぬ」

「なんだ、それも見えていなかったのか。あの男、おぬしの側から斬りかかってきたんだ。俺にはおぬしが狙われたように見えた」

琢ノ介がびっくりする。

「わしが狙われたのか」

直之進はかぶりを振った。

「狙われたのは俺だろう。あの頭巾の男、おぬしを盾に俺に襲いかかってきたんだ。そのために、俺は男の影に気づくのが遅れた。琢ノ介を突き飛ばすのに、力の加減ができなかった」

「ほう、そういうことだったのか」

琢ノ介が大きく顎を上下させる。

「それにしても、おぬしの力はすごかった。力士になれるぞ」

「体つきだけ見れば、それはおぬしのほうだろう」

「気にしていることを、おぬしはずけずけいうのう」

「それは、すまぬ。だが、ずけずけと口にするのは、誰かさんの真似をしているだけだ」

「わしの真似をしているというのか」

直之進は、ふふ、と笑った。

「さて、どうかな」

琢ノ介がそっぽを向く。

「まったく無礼な野郎だ。樺太郎《かばたろう》より無礼だ。そのうち叩き斬ってやる」

直之進は懐から小田原提灯を取りだし、火をつけた。

「なんだ、おぬしも持っていたのか。用意がいいな」

「まあな」

一度、振り返り、直之進は闇を見つめた。あの男はこの闇の向こうにいる。そして、おそらく佐之助も。

直之進たちは再び道を進みはじめた。

「ところで直之進、あれはわざと隙をつくったのか。あの男が袈裟懸けに斬りかかってくる直前、体をふらつかせたが」

「琢ノ介はどう思う」

「すぐさま攻撃に移ったところを見ると、わざとだったとしか思えぬ。直之進、なかなか芝居がうまいな」

「役者になれるか」

「無理だ。役者はわしのようないい男がなるんだ」

「おぬしは力士だろうが」

「やかましい」

塚ノ介の声が夜に吸いこまれてゆく。

「直之進、さっきの男だが、いったい何者なんだ」

「わからぬ」

「しかし、すごい腕だったな。あれで咳きこまなかったら、まだ戦い続けるつもりでいたのではないか」

「俺もそう見た」

教房屋敷の塀を乗り越えようとしたとき感じた粘つく視線は、あの男のものだったのだろう。

「それにしても、あいつら、用意万端だったな」

塚ノ介は、自分が槍で転がされたことをいっている。

直之進は口元を引き締めて、顎をすっと引いた。

「もし刺客が万が一しくじれば、ほかの者があの場で追っ手を防ぐという手はずになっていたのだろう」

「となると、あのあたりの地勢に詳しい者にちがいないな」

塚ノ介が振り返る。

直之進もそちらに顔を向けた。

琢ノ介が直之進に目を当ててきた。

「あの男、あのあたりに住んでいるということにならぬか。武家屋敷の多い場所だが、あれだけの腕を持つ者を探すのに、さしたる手間はかからぬのではないか」

そうかもしれない。

「だいいち直之進」

「なんだ」

「あの男の遣う剣は、なにか妙な感じに見えたぞ」

このあたりはさすがに琢ノ介だけのことはある。だてに太ってはいない。剣もそこそこ遣えるのだ。

「うむ、確かに、初めて見る剣法だった」

直之進は、刀を振るう男の姿を目の前に引き寄せた。

「なんというのか、ゆったりと動いていたのに、それが不意に急調子になるというのか、間合をつかみにくい剣だった」

「うむ、あの動きはなにかの舞いを見るような感じだったぞ」

「舞いだと」

直之進はぴんときた。

もしや鵬舞流ではないのか。

「なんだ、直之進、どうかしたのか」

直之進は琢ノ介に伝えた。

琢ノ介が真顔になる。

「なるほど、勝山に伝わる流派か」

はっとして、琢ノ介がまたも背後を振り返った。

「そういえば、あのあたりに勝山小笠原家の別邸があるときいたことがあるぞ」

二

ぼうっとしている。

頭をいくら振っても、しびれたような感じは振り払えない。

まったくだらしないねえ。

富士太郎は口をへの字にした。

たかがあのくらいのことでねえ。

富士太郎は門を出た。隣家を越えて射しこむ朝日をまともに浴びる。

まぶしさが、すっきりさせてくれるかと期待したが、頭はずしりと重いままだ。

むしろ、あまりよく寝ていないせいで、目がしばしばする。目の奥が針でつつかれたように痛い。

「行ってらっしゃいませ」

振り返ると、門のところで、智代がはにかんだような顔をのぞかせている。

「あ、ああ、行ってくるよ」

富士太郎は、智代の顔をまっすぐ見ることができない。

「何刻頃、お戻りですか」

「そ、そうだね、今日はちと遅いかもしれないね。五つはすぎてしまうかな」

さようですか、と少し寂しそうに智代がいった。

「お食事を用意しておきますから、楽しみにしておいてくださいね」

「も、もちろんだよ。智ちゃんのつくるものは、みな、おいしいからね」

うれしそうに智代がほほえむ。すぐに真剣な顔になった。

「富士太郎さん、大丈夫ですか」

「うん、なにがだい」

「ちょっと元気がないように見えます」

富士太郎はにこっとした。

「そうかい。おいらは元気だよ」

「でしたら、いいんですけど」

智代が心配そうになる。

「大丈夫だよ、智ちゃん」

富士太郎はことさら大きな声でいった。

「じゃあ、行ってくるよ」

「はい、行ってらっしゃいませ」

智代が控えめに手を振ってくる。

富士太郎は振り返した。これから町奉行所に出仕しようとしている者が、まわりに大勢いる。

富士太郎は気恥ずかしさに襲われ、あわてて足早に歩きだした。

「富士太郎よ、ずいぶんと評判になっているぜ」

大門のところで珠吉を待っていると、敷石を踏んでなかから出てきた荒俣土岐《あらまたとき》之助《のすけ》にいわれた。供を二人連れている。これから出かけるようだ。

土岐之助は与力で、富士太郎の上司役に当たる。

「なにがですか」

「おめえが嫁取りをしたってことだ」

「ええっ」

富士太郎は跳びあがりそうになった。

「おめえたち、ずいぶんと仲むつまじいらしいじゃねえか」

先ほどの智代とのことを、土岐之助におもしろ半分にいった者がいるのだ。

「ご、誤解です」

「一緒になったんなら、一番に教えてくれねえと、俺の面目が立たねえ」

「いえ、一緒になど、それがし、なっていないのですから」

「ほんとか」

はい、といって富士太郎はどんなことがあったか、土岐之助に話した。

「ふーん、それだけか」

「はい、それ以上のことは、まったくありません」

「でも富士太郎、一緒になるんだろう」

「なりません」

「どうして」

「だって——」

「だって、なんだ」

富士太郎はうつむいた。さすがに直之進のことは土岐之助にはいえない。

「まだ早いですから」

「早くねえよ」

土岐之助があっさりいう。

「俺が今の女房をもらったのは、十八のときだ。おめえ、二十だろう。しかもいっぱしの同心になりつつある。身を固めるのなら、絶好の時期だろうぜ」

「はあ」

「なんとも煮え切らねえ野郎だ。とにかく一緒になると決めたら、俺に一番にいうんだぜ。富士太郎、わかったな」

富士太郎はためらった。

「どうした、富士太郎。返答がねえな」

「わかりました。一緒になるとなれば、必ずお知らせいたします」

土岐之助がにかっとした。

「それでいい。富士太郎、俺はしばらく出かけてくる。そのあいだ、しっかり仕事に励めよ。怠《おこた》るんじゃねえぞ」

「よくわかっております」

「いい答えだ」

土岐之助が富士太郎の肩を叩く。

「おめえはがんばっているものなあ。なまけるなんざ、するわけがねえや。富士太郎、剣術道場での三人の死、目の付けどころがすばらしいぜ。俺も、見せかけられたって説に賛成だ。珠吉とともに精だして、必ず犯人をとっつかまえるんだぜ」

じゃあな、といって土岐之助が供の者をうながす。足早に歩き去っていった。

ああ、やっぱり荒俣さまは最高だなあ、と富士太郎は土岐之助を見送った。

土岐之助の姿が道の先に見えなくなるのと同時に、珠吉が姿を見せた。

「すいません、お待たせしやした」

「ああ、珠吉、遅かったね。なにかあったのかい」

珠吉が情けなさそうに鬢をかく。

「寝坊しちまいました」

富士太郎は、疲れているのかねえ、と思ったが、顔にはださない。代わりに、くすりと笑いを漏らした。

「珠吉、若いねえ」

「いえ、そんなことはありませんや。最近は、いつまでたっても、なかなか疲れが取れませんで」

珠吉がはっとする。

「旦那、すいません。今のは忘れてくださいね。あっしは疲れてなんか、いませんから。ええ、全然疲れていませんや」

富士太郎はにっこりした。

「珠吉がそういうんなら、おいらはもうなにもいわないよ」

「助かります」

珠吉がじっと見てくる。

「旦那、どうかしたんですかい」

「えっ、なにが」

「ほっぺが娘っ子のように赤いですよ。珍しいですねえ」

そうかい、といって富士太郎は頰をつるりとなでた。

確かに娘のようにすべすべしている。

富士太郎は脳裏によみがえるものがあり、どきりとした。

「旦那、やっぱりなにかあったんじゃないですかい」

否定しても、長いつき合いの珠吉にはどうせ見抜かれるだろう。富士太郎は別の気がかりを口にした。

「直之進さんのことだよ」

「確かに心配ですねえ。湯瀬さまがおっしゃっていた通り、さすがに若年寄さまを殺すようなことはないと思いますけど……」

「もちろんやれはしないとおいらも思うけど、直之進さんは情が深いからねえ、突っ走りゃしないかって、それだけが心配なんだよ。佐之助ごときのために、あんなに一所懸命になってさ」

「湯瀬さまの佐之助を救いだしたいって気持ちは本物でしょうけど、千勢さんのためっていうのもあるんでしょうねえ」

富士太郎は足を踏みだし、大門の下を抜けた。

珠吉の話に耳を傾ける。

「湯瀬さまはおきくちゃんと一緒になることを決めたようですから、佐之助を助けることで、千勢さんのことにけりをつけようと思っているんじゃないですかね」

あの二人は本当に一緒になるんだろうか。富士太郎は暗い気持ちになった。

ふと、目の前を白いものがちらつくようによぎっていった。

ああ。

富士太郎は内心で嘆声をあげた。

昨晩、智代の行水をちらりと見てしまったのだ。

きれいな背中に目を奪われた。信じられないほど白かった。満月のように白さが浮き立っていた。

女っていうのは、こんなに美しいものなのか。

頭をがんと殴られた気分だった。

昨夜のことがいまだに離れないのは、それだけ衝撃が大きかったせいなのだ。

「旦那、どうしました」

珠吉の声がきこえた。

「な、なんだい」

「また、ぼうっとしてましたよ」

「ごめんよ」

「いいえ、謝ることはないんですがね。それで、旦那、今日はどうしますかい」

智代の裸身がちらつき、考えがまとまっていない。

「さて、どうしようかね」

富士太郎はつぶやいた。

「大本に戻ろうか」

「じゃあ、椿道場に戻るんですね」

「うん、もう一度、足を運んでおいたほうがいい気がするね。なにか見えてくるものがあるかもしれない」

二人は早足に向かった。

椿道場はひっそりとしていた。以前は、はやりの道場で多くの門人が竹刀を打ち合って、活気を呈していたのだろうが、それが信じられないほど、さびれていた。

道場は掃除されていたが、三人が死んでいた座敷には、いまだに血の跡がはっきりと残っている。

鉄気臭さも鼻をつく。

おびただしい茶器は、棚に並べられたままだ。

これらはどうなるのか。

今のところ、道場主の弥左衛門たちの血縁は見つかっていない。

富士太郎たちは、道場内をくまなく調べてみた。

だが、手がかりになりそうなものを得ることはできなかった。

「空振りだったね」

道場の出入口の土間に立って、富士太郎は珠吉にいった。

道場にやってきて、すでに一刻近くが経過している。

「そんなことはありませんよ」

珠吉が大きくかぶりを振る。

「どうしてだい」

「探索に空振りなんてものは、ないからですよ」

富士太郎はにこっとした。

「そうだったね。なにもつかめなかったとしても、それは前に進んでいるということだったね」

珠吉がしわを深めて、にこやかに笑う。

「それに、旦那は勘がいいですからね、ここにやってきたのも、きっとなんらかの勘が働いたってことってすよ」

富士太郎は微笑した。

「珠吉は、なんでも前向きに考えることができていいねえ。おいらはとても力づけられるよ」

「さいですかい。旦那にそういってもらえると、あっしもうれしいですよ」

富士太郎は珠吉とともに外に出た。

四人の男が連れ立って入口のそばに立っていた。いずれもかなり歳がいっている。最も年かさの男は珠吉より上だろう。

「あのう」

その年寄りが富士太郎にしわがれた声をかけてきた。

「なんだい」

年寄りが名乗り、自分たちがどういう者なのか、富士太郎たちに説明した。

「ああ、弥左衛門さんの友垣かい」

富士太郎はこの者たちに会っていないが、三人もの死者が出た事件だけに、臨時廻りの同心が弥左衛門の知り合いの者たちに事情をきいている。

おそらくこの四人も、臨時廻りに詳しく話をしているだろう。

「友垣だけの関係ではなく、茶器の同好の士でもあるんです」

「ああ、そっちのほうかい」

富士太郎は、四人の男に順繰りに視線を当てていった。

「それで、なんの用だい」

「あの、弥左衛門さんの茶器はどうなるのでございましょう」

別の一人が問う。一番小柄だが、顔は最も大きい。

「いま血縁を探しているから、見つかればそちらに預けることになるだろうね」

ええっ、と声を発して、四人が顔を見合わせる。

「好きでもない人のところにいくのは、茶器にとって大きな不幸です。なんとか手前どものもとにくるように、お役人、お取りはからいいただけませんか」

裕福そうな身なりをした男が懐に手を突っこむ。

「むろん、ただとは申しません」

「いらないよ」

いちはやく富士太郎は制した。

「おいらは金はもらわないんだ」

四人の男が、若干、興ざめしたような顔になった。

「血縁が見つからなければ、いったん番所で預かって、それをおまえさんたちに卸《おろ》すって形になると思うんだよ。もちろん入れ札ってことになるだろうけど、おまえさんたちだって、弥左衛門さんの茶器をただで手に入れようって気はないんだろう」

それはそうです、もちろんですよ、と四人が声をそろえる。

「できるだけ高く買うつもりでいますよ。弥左衛門さんたちの供養になりますから」

「それはいい心がけだね」

富士太郎がほめると、四人が喜びの色を刻んだ。

「ところで、あの茶器のなかで一番高いのはどのくらいするんだい」

年かさの男が即答する。

「八十両はくだらないんじゃないですかね」

「ええっ、そんなにするのかい」

たかが茶碗一個に、そんな大金を支払う。にわかには信じがたい。

「どれがそうだい」

「なかに入らせてもらっても、よろしいですか」

一人がうかがいを立てるようにいった。

もちろんさ、と富士太郎は四人の男を道場に導き入れた。

惨劇の部屋に足を踏み入れた。

四人は薄気味悪そうにしている。しかし、棚の茶器を目にした途端、その顔つきは吹っ飛んだ。

「こいつですよ」

四段ある棚の、一番上の茶碗を年かさの男が指さした。

「へえ、これかい」

緑がかった渋い色をし、景色がいいというのか、すっきりしたよい形をしている。手触りがとてもあたたかいのではないか、という気がする。

「確かにいい物に見えるね」

「ええ、とてもいい物ですよ。戦国時代が終わろうとしている頃の物ですよ。いい仕事、してますねえ」

一人がしみじみといった。

「ほかに高い物は、あるかい」

「これですよ」

別の一人が手で示した。

「この黒茶碗かい」

「ええ、それも戦国の終わりの頃の物ですよ。値は若干、安いですが、それでも七十両はします」

「これが七十両。へえ」

富士太郎はしげしげと見つめた。あまりいい物に見えない。

「これが、本当にそんなにするのかい」

「ええ、この黒々としたつや。すばらしいじゃありませんか」

「しっとりと濡れた女の黒髪を思わせませんか」

濡れた黒髪と耳にして、富士太郎は智代の裸身を思いだした。

いかんよ。

ぶるぶると首を振って、なんとか白い肌を脳裏から追い払った。

ほかにも、いい物が並んでいた。全部で五十両以上する茶碗が六つあったが、七十両の黒茶碗以外は、値段にふさわしい感じがした。

四人が名残りおしげに外に出てゆく。富士太郎は珠吉とともに居残った。

黒茶碗を見つめる。

「旦那はこの茶碗が気に入ったんですかい」

「全然だよ」

「でも熱心ですねえ」

「気に入らないからだよ」

富士太郎は手に取った。手触りもそんなにいいとは思えない。なによりあたたかみがない。

「割らないでくださいね」

「割ってもきっと大丈夫だよ」

珠吉が眉をひそめる。

「安物ってことですかい」

「安いかどうか、おいらにはわからないけど、七十両の価値はないような気がしてならないねえ」

背後に人の気配がした。同時に声が飛んできた。

「あたしにも見せてもらえますかい」

富士太郎と珠吉は振り返った。

「あっ、おまえは」

敷居のそばに立っていたのは、七右衛門だった。

「どこから入ってきたんだい」

「入口ですよ」

「音がしなかったよ」

「ふつうにあけましたよ」

「まったく泥棒猫みたいな男だね」

七右衛門が苦笑する。

「富士太郎さん、意外に口が悪いですね」

「おいらの性分だよ。いやなら、とっとと消えておくれ」

「その前に、その茶碗を見せてくださいよ」

「おまえさん、茶碗の見立てができるのかい」

「ええ、幼い頃から集めていますからね」

「えっ、そんな趣味があるのかい」

「ええ、まあ。――見せてもらえますかい」

富士太郎は七右衛門と手が触れ合わないように注意して、渡した。

七右衛門が手のうちにくるんだ茶碗に、真剣な目を落とす。

「偽物ですね」

あっさりといった。

「やっぱり」

「厳密にいうと、偽物というのとはちがうんですけど」

「えっ、なにをいっているんだい」

「これは、ひじょうに腕のいい焼物師が焼いたものですから、決して悪いものではありません。むしろいい物といってかまわないでしょう。時代があと百年下がれば、百両の値がついてもおかしくはありません」

「そいつはすごい」

珠吉が、富士太郎より先に感嘆の言葉を口にした。

「今だといくらだい」

富士太郎は七右衛門にただした。

「そうですね。十両ばかりでしょうか」

「百年で九十両もちがうのかい」

「百年ものあいだ、もつ、もたせるというのがたいへんで、むずかしいんですよ。特に、こういう焼物は壊れやすいですからね」

確かにそういうものなんだろうね、と富士太郎は思った。

「ここで殺されていた人は、それを七十両で買ったらしいけど、そういうことは焼物の世界ではよくあることなんだろう」

「まったく珍しくありませんね。ぼったくりの世界ですから」

七右衛門がいい、口元を引き締める。そうすると、さすがに精悍な表情になる。娘なら見とれるところだろう。

「しかし、ここのあるじは相当の目利きだったみたいですね。そろえている焼物は、どれもすばらしい物ばかりですから」

七右衛門が黒茶碗を棚にそっと戻した。

「これだけの目利きがこの茶碗を七十両で買ったというのは、信じがたいですよ」

となると、どういうことなのか。

「もともとは七十両の茶碗がここにあったということだね」

富士太郎は七右衛門にいった。

「おそらく」

「となると、すり替えた者がいるってことになるね」

横で珠吉が深くうなずく。

「それが弥左衛門さん夫婦を殺し、矢沢欽之丞に罪を着せようとした者だね」

「すり替えられた本物の黒茶碗をほしがっていた者を見つければ、この一件はほとんど解決っていっていいんじゃないですかね」

「うん、珠吉のいう通りだよ」

富士太郎は七右衛門に目を当てた。

七右衛門がうれしげにほほえんでいる。

「ここでの事件は大きく動きそうですね。それから、富士太郎さんが気にしていた視線の件ですけど、あれはもう少し待ってくださいね。いま調べていますから」

「ああ」

「あまり期待していないんですね」

「というより、あれから視線を感じないんだよ。勘ちがいだったかもしれないねえ」

「さて、どうですかね」

思わせぶりに七右衛門がいった。

「とにかく調べを進めてみますよ」

風が動いた。

「あれ」

富士太郎は面食らった。

「い、いないよ」

つい今までそこにいた七右衛門がかき消えている。

「なんか忍者みたいな男ですねえ」

珠吉が嘆声とともにいう。

「伊賀者かねえ」

富士太郎は、好きな軍記物を頭に浮かべていった。

「盗人《ぬすっと》かもしれませんよ」

「それはあり得るねえ。おいらに近づいてきたのも、探索がどのくらい進んでいるか、知るためだったりして」

「でも旦那、いま江戸を騒がせている盗人はいませんねえ。ここ何年か、名のある盗人はあらわれていませんからねえ」

「そういえばそうだね。となると、盗人じゃないのかな」

富士太郎は再び黒茶碗を手にすると、何か包むものはないかとあたりを見回した。七右衛門のいった通りなのか、裏づけを取らなければならない。七右衛門の言をうのみにはできない。それは町方同心のすることではない。

茶器をもっぱらに商売している者に、本当に十両の物なのか、きく必要があった。

二人は外に出た。妙な者が出入りしないように、しっかりと戸締まりをする。

風が吹きつけ、土埃が舞いあがる。

富士太郎は歩きだした。

「旦那、ほらね」

珠吉がうしろからにこっとして、うなずきかけてきた。

富士太郎は振り向き、にっと笑い返した。

「珠吉のいう通りだったね。ここに足を運んで、本当に収穫があったよ」

「なにはともあれ、よかったですよ。しかし旦那は目利きですね」

「たいしたことはないよ。でも、あの同好の士の四人はどうして見抜けなかったのかな」

「七十両という頭があったからでしょうね。いい物だと思って見ていると、実際、いい物に見えますし」

富士太郎は珠吉を連れて、弥左衛門の茶器、茶碗の目録づくりに力を貸したという近所の骨董屋に向かった。

あるじに黒茶碗を見せた。

「この茶碗は、おまえさんが弥左衛門さんに売った物かい」

五十すぎと思えるあるじが茶碗にじっと目をやる。

「いえ、これは売っていません。これとよく似てはいますけど、もっと古い物を買っていただきました」

「それは七十両でだね」

「はい、さようにございます」

あるじがあっさりと認める。

「もしこの黒茶碗をおまえさんが値をつけるとしたら、どのくらいだい」

「さようですね。買い入れは七両というところでございましょう」

「それを十両くらいで売るのかい」

あるじが苦笑いする。

「そういうことになりましょうね。ぼろ儲けと思われるかもしれませんが、売れるかどうかわからない物を現金で仕入れ、しばらく寝かせることになりますから、やはり最低でも三割の儲けはほしいですね」

富士太郎は、あるじから黒茶碗を受け取った。

「あるじ、この黒茶碗を売った店を知らないかい」

あるじがむずかしい顔をする。

「申しわけありませんが、手前にはわかりません。うちで売った物ではないというのが、はっきりしているだけでございます」

あるじが目をあげ、富士太郎を真摯に見つめる。

「でも、これはかなり新しい物で、しかも物がしっかりしています。ですので、焼物師を育てようとしている店を、訪ねられるのがよろしいでしょう。いくつかお店を紹介いたしますが、それでよろしゅうございますか」

富士太郎に異存があるはずがなかった。

あるじがすらすらと五軒の店の名を紙に書いて渡してくれた。

それを手に、富士太郎たちは町を歩きはじめた。

二軒目で、あっさりと黒茶碗を売った店が見つかった。

「はい、この茶碗は確かにうちが扱ったものにございます」

「椿道場の道場主に売ったのかい」

「いえ、ちがいます」

「誰に売ったんだい」

富士太郎は有無をいわせない強い口調でいった。

「は、はい。桜庭《さくらば》丘之助《おかのすけ》というお侍にございます」

「何者だい」

「はい、ご浪人でございます」

「この茶碗、その桜庭という浪人にいくらで売ったんだい」

「十両にございます」

「浪人なのに、けっこうな大金を持っているじゃないか」

「お腰の物を売って、こしらえたそうにございます」

「ふーん、刀と茶碗を取り替えたのかい。どうしてそんな真似をしたんだい」

あるじが首をひねる。

「さあ、手前は存じません」

富士太郎はあるじに、桜庭丘之助の住みかをきいた。

近所だった。

珠吉とともに丘之助の家に向かう。

三部屋は優にありそうな立派な一軒家に住んでいた。背後に池があり、おびただしい蓮の葉が浮かんでいる。

ただし、今は出かけているらしく、不在だった。

近所の者にきくと、丘之助は独り身とのことだ。

妻は三年前に病で死んでいた。

五年前に奉公していた旗本家が潰れ、浪人になったのだそうだ。取り潰したのは若年寄の小笠原長貴だった。

長いこと、丘之助は長貴のことをうらんでいたそうだ。

いずれ襲いかかり、殺すつもりでいるのは、誰の目にも明らかだった。

だが、ときの移ろいとともに、いつしか瞳からうらみの色は消えていった。

代わりにあらわれたのは、この暮らしから抜けださなければならないという焦りの色だった。

それにはどうするか。

元の暮らしを取り戻すことが、近道であろう。

主家が取り潰しに遭ったものの、丘之助の暮らしはまずまず裕福だった。丘之助は主家の勘定方の仕事をし、出入りの業者から賄《まいない》をもらうなど、かなり貯めこんでいたのだ。

だが、その金も長い浪人暮らしで乏しくなってきた。

再び武家に仕官することが、丘之助の望みになったのである。

最近になり、本当にその望みがかないそうになってきたという。

相手は千八百石の旗本だった。算勘《さんかん》の術に長《た》けた者を家臣として採るという話で、丘之助はうまいこと、その家の用人に食いこむことができたのだそうだ。

その用人と料亭に行っては、よく酒を酌み交わしているらしい。勘定をもっているのはむろん、丘之助である。

一日かけてそのことを調べた富士太郎は、翌日、その千八百石の旗本の家のことを調べてみた。

用人は骨董が趣味だった。しかも黒茶碗を特に集めている。

丘之助がずっと大事にしていた佩刀《はいとう》を刀剣商に売り、十両を手にしたのは、まことのようだ。

丘之助は十両で、七十両の黒茶碗を手に入れたのである。それを旗本の用人への賄賂として贈り、長年の望みをかなえようというのだろう。

このことがその日のうちにわかった。

富士太郎は珠吉を丘之助の見張りに残し、単身、町奉行所に戻った。

荒俣土岐之助と会い、これまでの首尾を告げる。

「でかした、富士太郎」

土岐之助は大声でほめたたえてくれた。

「いま桜庭丘之助はどうしている」

「今日の朝早く家に戻ってきて、そのまま籠もったきりです。寝ているのではないでしょうか」

「珠吉が張っているのだな」

「はい。目を皿のようにして家を見つめているものと」

「それだけ材料がそろっていれば、丘之助の犯行であるのは、まずまちがいないな。富士太郎、証拠はあるのか」

富士太郎は眉を曇らせた。

「いえ、ありませぬ」

「つかまえて吟味すれば吐くかもしれねえが、しらばっくれられたら、ことだ。富士太郎、証拠がほしいな」

富士太郎はどうすれば証拠がつかめるか、頭をめぐらせつつ、珠吉のもとに戻った。

土岐之助にいわれたことを、そのまま伝える。

珠吉も困惑の表情を浮かべ、うなるような声をあげた。

「証拠ですかい」

「うん、自白に持ってゆくためには必要なんだ。当たり前のことなのに、おいら、失念していたよ」

珠吉が苦い顔をする。

「それはあっしもですよ」

「なにかないかねえ」

富士太郎は考えこんだ。

なにか引っかかるものがある。

それがなにかわからないのが、気持ちを苛立たせる。

「旦那、どうかしたんですかい」

富士太郎は今の気分を伝えた。

「ああ、そういうのはいやですよねえ。じれったいですものね。胸をかきむしりたくなりますねえ」

富士太郎は珠吉を見つめた。

「思いだしたよ。胸にあったんだ」

「えっ、なんのことですかい」

富士太郎は懐に手を突っこんだ。折りたたんだ紙を取りだして開く。

「それは——」

「うん、椿道場で見つかった金箔だよ。矢沢欽之丞の体の下にあったものさ」

「それは、いったいなんの金箔ですかね」

「最初、おいらは茶碗につけられたものだと思っていたんだけど、ちがうんじゃないかな」

「なんの金箔ですかい」

「刀の鞘じゃないかね」

「金箔が張られた鞘なんてあるんですかい」

「ああ、あるよ」

それをきいて、珠吉が手のひらをぱんと打ち合わせた。

「桜庭丘之助がいま所持している刀の鞘を見ればいいってことですね」

「ああ、きっとやつの刀の鞘には金箔が張られているのさ。そして、少しだけ金箔がはげているに決まっているよ」

富士太郎は男を見据えた。部屋の隅に置かれている刀架に、ちらりと視線を当てる。

静かに息をつく。

「椿道場の道場主の弥左衛門どの、妻の勝枝どのを殺し、矢沢欽之丞が二人を殺したあと自害してのけたように細工したのは、おまえだね。すべて明白になったから、素直にお縄につきな」

まだ金箔をだすつもりはない。桜庭丘之助がしらを切ったとき、突きつけるつもりでいる。

家の居間におさまっている丘之助は、自分がどうしてそんなことをいわれなければならないのか、不思議でならないようだ。

なにもいわないが、表情がそう語っている。

目が小さく、おちょぼ口だ。鼻だけは高く、それがいかにも高慢そうだ。厚い下唇がひん曲がっているのが、性根が腐っているとの思いを与える。

「おまえは黒茶碗の名品を骨董屋で見て、これだと思った。これさえあれば必ず仕官の道が開けると確信した。だが、値が高く手が出ない。そうこうするうちに椿どのに買われてしまった。どうしても手にいれたかったおまえは策を弄した。椿どの夫婦を殺し、その後、したたかに酔わせた矢沢欽之丞を連れてきて、腹を切らせ、血がべったりとついた刀を握らせた」

富士太郎はにらみつけた。

「どうだい、これはおまえのしたことに相違ないだろう」

「いったいなにをいっているんだか」

丘之助が冷笑する。

「お役人、そういうのを妄想というんですよ。それも一種の才でしょう。職を変えたらいかがですか」

「しらを切るんだね」

「お役人がなにをいっているのか、わからないだけですよ」

そうかい、と富士太郎はいった。

「おまえ、椿道場に行ったことがあるね。黒茶碗を見せてもらいに」

丘之助が首を横に振る。

「ありませんよ。椿道場なんて、初めてききました」

「まちがいないかい」

一瞬、間があいた。

「ええ、まちがいありませんよ」

富士太郎はにやりとした。

「だったら、そこの立派な脇差を見せてくれないかい」

刀架にかかっている脇差を指さした。

「別にかまわぬが」

それをきいて珠吉が刀架から脇差を取り、富士太郎に渡す。

富士太郎は脇差の鞘を見つめた。

上等な漆がたっぷりと塗られ、見事な金箔も貼られている。

富士太郎は懐から折りたたんだ紙を取りだし、例の金箔をつまみあげた。

「いいかい、この金箔は椿道場の居間に落ちていたんだ。居間は、矢沢欽之丞たち三人が死んでいた間だよ。おまえはよく知っていると思うがね」

丘之助はじっと金箔に目を当てている。

富士太郎は刀をくるくるとまわし、鞘をじっくりと見た。

「これはね、ここにぴったり合うんだ」

富士太郎は、鞘と金箔を丘之助に見せつけた。

鞘から金箔がわずかにはがれ、地が見えそうになっている。

「ほら、どうだい。この金箔は紛れもなくこの鞘からはがれたんだ。おまえ、しくじったねえ。一度も行ったことのない椿道場の居間に、どうしておまえの脇差からはがれた金箔が落ちているんだい」

「すみません」

丘之助が大声で謝り、畳に両手をそろえた。

やっと畏れ入ったんだね、と富士太郎は満足だった。

「それがし、まちがえておりもうした。一度、椿道場に足を運んだことがありもうす。それはそのとき落ちたものに相違ござらぬ」

なんだって。

富士太郎は啞然とした。珠吉も面にこそだしていないが、富士太郎と同じ思いなのは明らかだ。

「だったら今度はまちがいないね。本当に椿道場に行ったことがあるんだね」

富士太郎は一つの決意を胸に秘めて、気を取り直した。

「ええ」

「なにしに行ったんだい」

「いい黒茶碗があるという評判をきいて、それを見に」

「なるほど」

相づちを打って富士太郎はにっこりした。

「でもおまえ、この金箔は矢沢欽之丞が握っていたんだよ」

「えっ」

丘之助が愕然とする。

「さっきは落ちていたといったではないか」

「悪いねえ。おいらもおまえと同じで、記憶がちがっていたのさ」

「そ、そんな」

「おかしいよねえ。金箔が矢沢欽之丞の手のひらに握りこまれていたなんて。いったいどうすれば、こんなふうになるのかね」

富士太郎は十手を取りだした。

「罪状は明白だね。素直にお縄になりな」

「冗談じゃない」

丘之助が立ちあがり、走りだした。あっと思ったときには腰高障子を突き破り、身を躍らせていた。

どぶん、と水音が立つ。

富士太郎と珠吉は、腰高障子のそばに立った。

丘之助は蓮の葉が一杯の水面を、抜き手を切って泳いでゆく。着物を着ているのに、あそこまで泳げるとは、こうして目の当たりにしていても信じることができない。

「逃げられちまうよ」

富士太郎は焦った。

「あたしにおまかせ」

叫ぶようにいって、富士太郎たちの脇を抜けていった影がある。

七右衛門だ。

七右衛門も水に飛びこんだように見えた。だが、驚いたことに蓮の葉を踏んで水面を渡ってゆく。

ほんの数瞬で向こう岸に渡った。

わずかに遅れて丘之助が泳ぎ切った。勝ち誇ったような顔で、石垣の積まれた岸にあがる。

丘之助が立ちはだかった影に気づいた。七右衛門の手が小さく動く。うっ、とうなって丘之助がうつぶせに倒れた。

七右衛門が富士太郎に手を振ってきた。ひょいと体を横に動かすや、またも富士太郎の視野からあっさりと消えた。

「いったい何者だい」

珠吉がつぶやく。

富士太郎も呆然とするしかない。信じがたい手並みだ。

「珠吉、丘之助が目を覚ます前に向こう岸に行かなきゃね」

二人は家を出て、池をまわりこんだ。

「珠吉、おいら、嘘をついちまったよ」

「ああ、矢沢欽之丞が金箔を握りこんでいたってやつですね」

「おいら、一度さ、母上に嘘をついたことがあるんだよ。それを知ったときの母上の悲しげな顔。あれを見てから、二度と嘘はつくまいって誓ったんだよ。でも今日、破っちまった」

珠吉が優しく首を振る。

「今日のはいいんですよ。嘘も方便ていいますでしょう。悪いやつをとっつかまえるためには、実に効き目のある手立てですよ」

「そういうものかねえ」

珠吉が深くうなずき、明るい笑みを見せる。

「ええ。ですから、今日みたいな悪人を懲らしめるための嘘は、これからもへっちゃらですよ」

三

常夜灯の下で、直之進は一枚の紙をひらいた。この常夜灯は小笠原教房の屋敷のそばにある常夜灯によく似ていた。

横から、しげしげと琢ノ介がのぞきこんでくる。

人のよい顔が、灯りに照らされてつやつやしている。

「覚えたか、直之進」

「まあな」

「忍びこむのはたいへんだな。俺は気楽でありがたい」

「だが、しっかりと頼むぞ。前にもいったが、後備がちゃんとしていればこそ、前に進めるんだからな」

「わかっておる。安心しろ」

琢ノ介が見つめてきた。

「本当に頭に入ったんだろうな」

「ああ、大丈夫だ。物覚えはよいほうだ」

直之進は紙を折りたたんだ。懐にしまいこむ。

これは、光右衛門が描いてくれた小笠原相模守長貴の別邸の見取り図である。手広く商売をしている光右衛門は、長貴の別邸にも奉公人を入れたことがあるのだ。

「だが琢ノ介、別に見取り図がなくとも、俺は忍びこんでいたぞ」

「わかっておる。おぬしはそういう男だ」

すでに別邸は、視野におさまっている。暗闇のなかに、塀がじんわりと見えていた。

直之進は足をとめた。目の前に塀がある。

大名の別邸だけのことはあり、教房の屋敷よりだいぶ塀は高い。

あたりはひっそりと闇が包みこんでいる。一番近い辻番から漏れる灯りが、夜に小さな穴をじんわりとあけている。ほかに人けはまったくない。

「琢ノ介、頼む」

わかったよ、と琢ノ介が答え、地面に四つん這いになる。

すまぬな、といって直之進はその上に乗った。塀に手をかけ、力を入れる。

直之進は塀の上に腹這いになった。

建物がいくつも見える。光右衛門の見取り図通りの配置だ。

たいしたものだ。このあたりはさすが光右衛門といってよい。

琢ノ介にうなずきかけた。では行ってくる、と直之進は唇を動かした。

土の上に音もなく舞いおりる。

ここも木々が鬱蒼と茂っている。山中の森のようだ。

直之進はひんやりとする大気を動かすことなく、ことさらゆっくりと進んだ。

佐之助がとらわれているのは、母屋か離れのどちらかだろう。ここには、この二つの建物以外に納屋と厩があるのみで、そこに人けがないことは、先ほど気配を嗅いですでに承知している。

離れではないか。

直之進はなんとなく思っている。

そちらのほうが、やはり監禁しやすいのではないか。

離れは母屋の右側にある。正面に母屋の影が浮いている。

また刀の目釘をあらためたくなっている。なんとかこらえる。

光右衛門によれば、この別邸は長貴の気に入りで、よく足を運んでいるそうだ。

連れてくるのも気に入りのみで、ここにいるのは、せいぜい三十人ほどではないかという。

二万二千石の大名としてもかなり少ないし、若年寄としても相当少ない。不用心といってよいのではないか。

それにしても、と直之進は思った。ここに佐之助がとらわれているとして、いったい何者の仕業なのか。

佐之助をどうしたいのか。

わけがわからないが、直之進には一つの仮説がある。だが本当にそうなのだろうか。

この俺に小笠原相模守長貴を殺させたいだけで、佐之助をかどわかしたわけではあるまい。それは確かだろう。

離れが見えてきた。

意外に大きい。五部屋はあるだろう。

教房の屋敷の離れとは大ちがいだ。

直之進は近づいていった。

濡縁のそばに立ち、なかの気配を嗅ぐ。

人がいる。それはまちがいない。

しかし、それが佐之助かどうかはわからないし、どんな年齢の者がいるのかも、男女の別すらもはっきりしない。

行くしかない。

自らにいいきかせて、直之進は濡縁に立ち、目の前の腰高障子を横に滑らせた。

最初の部屋には誰もいなかった。がらんどうが広がっているにすぎない。
次の間に直之進は入りこんだ。
畳に足を置いた途端、いきなり剣気に全身を包みこまれた。
強い。
誰よりも強い。
それはよくわかっている。
昨日、襲いかかったとき、一目でこれまで戦ってきたどの男ともちがうのが知れた。
これまでの自分のすべてを懸けられる相手だ。
うれしさに背筋がぞくぞくする。こんな思いは初めてだ。
ようやく本物の戦いの舞台にあがれる。
死ぬのはこの男か、それともおのれか。
どちらだろうと、最高の瞬間を味わえる。
それは確かだ。
どのみち勝負は瞬時につくだろう。

心は澄み渡っている。人生の終わりにきて、こんな気持ちになれるとは思わなかった。

これならきっといい勝負になる。

この世に自分がいて、湯瀬直之進がいる。自分の剣があり、直之進の剣がある。

なんとすばらしいことだ。


待ち構えられていた。

直之進は、くっと奥歯を嚙み締めた。

昨日の遣い手だった。やはりここにいたのだ。

今日は頭巾をしていない。顔がはっきりと見える。しかも、ゆったりとした平服姿だ。襷もしていない。

それにしても、この離れは天井が高い。刀を自在に振るえる十分な高さがある。

ろうそくが二つ、灯されていた。部屋には夕闇ほどの明るさがある。

遣い手以外にもう一人いた。こちらは手槍をたずさえている。

だが、殺気はまったく発していない。ただ傍観しているようにしか見えなかった。

とにかく、手だしをしようとする気はないのだ。

きえー。

気合とともに、遣い手が右足を大きく踏みこんできた。同時に、左の膝を畳すれすれまで落としこんだ。

直之進はすでに抜刀している。

相手に合わせて横に動き、刀を正眼に構えた直之進は一瞬、遣い手の刀を見失った。そのために対処がわずかに遅れた。

遣い手はぐっと体を沈め、下から上へ刀を振りあげてきた。

切っ先がぐんと近づく。鵬《おおとり》が舞い、羽を伸ばすように迫ってくる。

白刃は直之進の股間を紛《まが》うことなく狙っていた。

遣い手の剣尖がろうそくの揺らめきを刀身に映しこみ、橙色の鈍い光を放ちながら天井ぎりぎりでとまる。

鮮血が散った。鶴の描かれた襖に音を立てて降りかかる。

遣い手の口から、あっという声が漏れる。左手の肘下がぱっくりと割れ、白いものがのぞく。

しかし、表情はどこか満足そうだった。

直之進は、遣い手の下段からの斬撃を勘だけで避けた。ぎりぎりで半身になり、着物一枚を斬らせる際どさでよけてみせたのである。

そのまま刀を振るい、がら空きになった遣い手の小手を、自分でも戸惑うほど悠々と斬っていたのだった。

「殿っ」

槍を手にしている者が駆け寄った。

殿、といま確かにいった。

やはりな、と直之進は思った。忍びこむ前から、遣い手の正体は小笠原相模守長貴本人ではないか、と感じていた。

駆け寄った者が手早く手当をはじめる。

長貴は笑みを浮かべて直之進を見つめていたが、いきなり咳きこんだ。

背中を丸め、苦しそうにしている。

赤いものが口からよだれのように垂れ、畳にしみをつくった。

その後、わかったのだが、長貴は不治の病に冒されていた。

もはやどんな手立てをもってしても、助からない。

長貴は幼い頃から剣に生きたかった。だが、残念なことに、殿さまとして生まれついていた。

人生の最期を迎えるにあたり、剣客としての力量を試したくなった。

家臣に勝ちを譲られる勝負ではなく、真剣勝負をしたかった。

これで思い残すことはない。長貴はそういう目であのとき直之進を見ていたのだ。

長貴を介抱した者は、江井田録右衛門という長貴の懐刀だった。佐之助の前では、六輔と名乗っていたらしい。長貴が死んだら、自分もあとを追う気でいるという。

佐之助はその次の間で見つかった。

佐之助が押しこめられていた部屋は三方が板壁で囲まれていた。牢格子が設けられ、そのなかで佐之助は横になっていた。

目だけを飢えた獣のようにぎらつかせていた。

誰がやってきたか、一瞬いぶかしんだが、直之進であると知ると、勢いよく立ちあがった。

佐之助の瞳が喜びに輝いた瞬間を、直之進は一生忘れはしないだろう。

佐之助の無事な姿を目の当たりにして、千勢は大泣きした。

お咲希も同じだった。

この三人はすでに家族だった。強い絆で結ばれている。

もはや引き裂くことなどできない。


佐之助を助けだした翌日、直之進は千勢の長屋を訪れた。

佐之助はお咲希と遊んでいた。お咲希がまとわりついて離れないのだろう。直之進にちらりと目を向け、それとわかる程度のうなずきを見せた。

直之進は笑みを浮かべ、会釈を返した。

千勢を近くの神社に誘う。

境内はいい風が吹いていた。

千勢は気持ちよさそうにしている。

直之進は懐から一枚の紙を取りだした。

「これを」

千勢に差しだす。

「なんですか」

直之進は一瞬、瞑目した。

「去り状だ」

「えっ」

千勢が目を大きく見ひらく。

「前に話したかもしれぬが、俺は新たな人生を歩むつもりでいる」

「侍をおやめになるのですか」

「それは、まだわからぬ。身も心も侍ゆえ、なかなか決断はつかぬ」

直之進は息を入れた。

「とにかく互いに新しい人生をはじめるために、これは必要だろう」

千勢が去り状を抱き締める。直之進を見あげる。目が濡れていた。

「あなたさま、至らぬ妻で申しわけありませんでした」

「謝る必要などない」

直之進は細い肩を抱きかけて、とどまった。

「おぬしのおかげで、俺は狭い世界を抜けだせた。むしろ、ありがとうといいたい」

千勢が涙をぬぐう。

「では、これでな。達者で暮らせ」

直之進は体をひるがえし、歩きはじめた。

鳥居を抜けたとき振り返った。千勢はまだそこにいて、直之進を見送っていた。

直之進は手を振った。千勢が振り返してきた。

直之進は再び歩きはじめた。目指すのは米田屋だった。

あたたかなおきくの顔が浮かんだ。

この作品は双葉文庫のために書き下ろされました。

双葉文庫

す-08-15

口入屋用心棒《くちいれやようじんぼう》

腕試《うでため》しの辻《つじ》

2010年3月14日　第1刷発行

【著者】

鈴木英治《すずきえいじ》



【発行者】

赤坂了生

【発行所】

株式会社双葉社

〒162-8540 東京都新宿区東五軒町3番28号

［電話］03-5261-4818(営業)　03-5261-4833(編集)

http://www.futabasha.co.jp/

(双葉社の書籍・コミックが買えます)

【印刷所】

慶昌堂印刷株式会社

【製本所】

株式会社ダイワビーツー

---

【表紙・扉絵】南伸坊

【フォーマット・デザイン】日下潤一

【フォーマットデジタル印字】飯塚隆士



ISBN978-4-575-66434-8 C0193

Printed in Japan

秋山香乃

**からくり文左 江戸夢奇談**
**風冴ゆる**

長編時代小説〈書き下ろし〉

入れ歯職人の桜屋文左は、からくり師としても類まれな才能を持つ。その文左が、八百八町を震撼させる難事件に直面する。シリーズ第一弾。

---

秋山香乃

**からくり文左 江戸夢奇談**
**黄昏に泣く**

長編時代小説〈書き下ろし〉

文左の剣術の師にあたる徳兵衛が失踪した日の夕刻、文左と同じ町内に住む大工が、酷い姿で堀に浮かぶ。シリーズ第二弾。

---

秋山香乃

**伊庭八郎幕末異聞**
**未熟者**

長編時代小説〈書き下ろし〉

心形刀流の若き天才剣士・伊庭八郎が仕合に臨んだ相手は、古今無双の剣士・山岡鉄太郎だった。山岡の〝鉄砲突き〟を八郎は破れるのか。

---

秋山香乃

**伊庭八郎幕末異聞**
**士道の値《あたい》**

長編時代小説〈書き下ろし〉

江戸の町を震撼させる連続辻斬り事件が起きた。伊庭道場の若き天才剣士・伊庭八郎が、事件の探索に乗り出す。好評シリーズ第二弾。

---

芦川淳一

**おいらか俊作江戸綴り**
**雪消水《ゆきげみず》**

長編時代小説〈書き下ろし〉

昌平店に男児を背負った盗人が紛れ込んできた。聞けばこの子、武家の若君で、なにか事情がある様子。俊作は屋敷に送り返そうとするが。

---

綾瀬麦彦

**壁わり伝六、日々立腹**
**めおと餓鬼**

長編時代小説〈書き下ろし〉

「将軍を説教する!」天保の世を憂う一本気な気性の大工の伝六が、無謀な事を言い出した! 後先考えない伝六が珍騒動を巻き起こす。

---

井川香四郎

**金四郎はぐれ行状記**
**雁《かり》だより**

時代小説〈書き下ろし〉

館山藩の姫君が芝居見物の最中、鉄砲を持った男たちに襲われた。囃子方として舞台にいた金四郎は、咄嗟に賊を捕りおさえようとする。

**池波正太郎　元禄一刀流**
時代小説短編集〈初文庫化〉
相戦うことになった道場仲間、一学と孫太夫の運命を描く表題作など、文庫未収録作品七編を収録。細谷正充編。

**稲葉稔　疾風《はやて》の密使**
不知火《しらぬい》隼人《はやと》風塵抄
長編時代小説〈書き下ろし〉
剣と短筒を自在に操り、端正な顔立ちで女たちを虜にする謎の浪人・不知火隼人。その正体は将軍の隠し子にして、幕府の密使だった！

**今井絵美子　寒さ橋**
すこくろ幽斎診療記
時代小説〈書き下ろし〉
御典医に飽き足らず、施薬院を営む傍ら石川島の人足寄場医師として奔走する〝すこくろ幽斎〟こと杉下幽斎。だが、今日もまた死人が……。

**岡田秀文　魔将軍**
室町の改革児　足利義教の生涯
長編歴史小説
宿老らに政治の実権を握られ、弱体化しつつあった室町幕府を立て直した足利義教。くじ引きで将軍となった男の統治手法とは……。

**沖田正午　取立て承り候**
天神坂下よろず屋始末記
長編時代小説〈書き下ろし〉
豪華な大名駕籠を伴った一行が、承ノ助を迎えるために長屋に現れた。このまま上館藩の殿様になってしまうのか？　好評シリーズ第二弾。

**海道龍一朗　惡《あく》忍《にん》**
加藤段蔵無頼伝
長編歴史活劇
時は戦国。乱世を舞台に駆け抜ける一人の忍者・加藤段蔵。己の力のみを頼りに名だたる戦国武将を誑かす〝惡忍〟が狙うモノとは……。

**岳真也　藍染めしぐれ**
押しかけ呑兵衛御用帖
長編時代小説〈書き下ろし〉
染物問屋の一人娘と恋仲の屋台の物売りが、神社の縁日で博徒らの縄張り争いに巻き込まれ命を落とした。呑兵衛は事件の背後を探り始める。

風野真知雄

若さま同心 徳川竜之助

**風神雷神**

長編時代小説〈書き下ろし〉

左手を斬り落とされた徳川竜之助は、さびぬきのお寅の家で治療に専念していた。それでも、持ち込まれる難事件に横臥したまま挑む。

---

勝目梓

**天保枕絵秘聞**

長編官能時代小説

天才枕絵師にして示現流の達人・淫楽斎が、モデルに使っていた女性を相次いで惨殺され、真相を追うことに。大江戸官能ハードボイルド。

---

倉阪鬼一郎

火盗改 香坂主税

**風斬り**

長編時代小説〈書き下ろし〉

香坂主税が設置した「注進箱」のお陰で悪人が成敗されるようになった。だが同時に、香坂の存在を疎ましく思う者たちの暗躍も始まる。

---

近衛龍春

闇の風林火山

**謀略の三方ヶ原**

長編時代小説〈書き下ろし〉

武田勝頼は高遠城代となった。ついに天下取りを狙う武田軍は三方ヶ原で織田、徳川連合軍と激突！ 著者渾身のシリーズ第二弾。

---

佐伯泰英

居眠り磐音《いわね》 江戸双紙 31

**更衣《きさらぎ》ノ鷹（上）**

長編時代小説〈書き下ろし〉

佐々木磐音と槍折れの達人小田平助は、研ぎ師の鵜飼百助邸を訪ねるが、両国橋で予期せぬ襲撃を受け……。シリーズ第三十一弾。

---

佐伯泰英

居眠り磐音《いわね》 江戸双紙 32

**更衣《きさらぎ》ノ鷹（下）**

長編時代小説〈書き下ろし〉

神保小路の尚武館道場に老中田沼意次の用人が現れた。用人が同道した武芸者らを嗾けたことで、磐音は真剣での稽古をなすことに……。

---

坂岡真

照れ降れ長屋風聞帖

**福《ふく》 来《らい》**

長編時代小説〈書き下ろし〉

隠密同心の雪乃が、深川三十三間堂の通し矢競べの射手に選ばれた。様々な思いを胸に、雪乃は矢を射る。大好評シリーズ第十三弾。

翔田寛
影踏み鬼
短編時代小説集

第22回小説推理新人賞受賞作家の力作。若き戯作者が耳にした誘拐劇の恐るべき顛末とは？　表題作ほか、人間の業を描く全五編を収録。

鈴木英治
口入屋用心棒1
逃げ水の坂
長編時代小説〈書き下ろし〉

仔細あって木刀しか遣わない浪人、湯瀬直之進は、江戸小日向の口入屋・米田屋光右衛門の用心棒として雇われる。好評シリーズ第一弾。

鈴木英治
口入屋用心棒2
匂い袋の宵
長編時代小説〈書き下ろし〉

湯瀬直之進が口入屋の米田屋光右衛門から請けた仕事は、元旗本の将棋の相手をすることだったが……。好評シリーズ第二弾。

鈴木英治
口入屋用心棒3
鹿威《ししおど》しの夢
長編時代小説〈書き下ろし〉

探し当てた妻千勢から出奔の理由を知らされた直之進は、事件の鍵を握る殺し屋、倉田佐之助の行方を追うが……。好評シリーズ第三弾。

鈴木英治
口入屋用心棒4
夕焼けの甍《いらか》
長編時代小説〈書き下ろし〉

佐之助の行方を追う直之進は、事件の背景にある藩内の勢力争いの真相を探る。折りしも沼里城主が危篤に陥り……。好評シリーズ第四弾。

鈴木英治
口入屋用心棒5
春風《はるかぜ》の太刀
長編時代小説〈書き下ろし〉

深手を負った直之進の傷もようやく癒えはじめた折りも折り、米田屋の長女おあきの亭主甚八が事件に巻き込まれる。好評シリーズ第五弾。

鈴木英治
口入屋用心棒6
仇討ちの朝
長編時代小説〈書き下ろし〉

倅の祥吉を連れておあきが実家の米田屋に戻った。そんな最中、千勢が勤める料亭・料永に不吉な影が忍び寄る。好評シリーズ第六弾。

鈴木英治

口入屋用心棒7

野良犬の夏

長編時代小説〈書き下ろし〉

湯瀬直之進は米の安売りの黒幕・島丘伸之丞を追う的場屋登兵衛の用心棒として、田端の別邸に泊まり込むが……。好評シリーズ第七弾。

鈴木英治

口入屋用心棒8

手向けの花

長編時代小説〈書き下ろし〉

殺し屋・土崎周蔵の手にかかり斬殺された中西道場一門の無念をはらすため、湯瀬直之進は復讐を誓う……。好評シリーズ第八弾。

鈴木英治

口入屋用心棒9

赤富士の空

長編時代小説〈書き下ろし〉

人殺しの廉で南町奉行所定廻り同心・樺山富士太郎が捕縛された。直之進と中間の珠吉は事の真相を探ろうと動き出す。好評シリーズ第九弾。

鈴木英治

口入屋用心棒10

雨上《あめあが》りの宮《みや》

長編時代小説〈書き下ろし〉

死んだ緒加屋増左衛門の素性を確かめるため、探索を開始した湯瀬直之進。次第に明らかになっていく腐米汚職の実態。好評シリーズ第十弾。

鈴木英治

口入屋用心棒11

旅立ちの橋

長編時代小説〈書き下ろし〉

腐米汚職の黒幕堀田備中守を追詰めようと策を練る直之進は、長く病床に伏していた沼里藩主誠興から使いを受ける。好評シリーズ第十一弾。

鈴木英治

口入屋用心棒12

待伏せの渓《たに》

長編時代小説〈書き下ろし〉

堀田備中守の魔の手が故郷沼里にのびたことを知り、江戸を旅立った湯瀬直之進。その道中、直之進を狙う罠が……。シリーズ第十二弾。

鈴木英治

口入屋用心棒13

荒南風《あらはえ》の海

長編時代小説〈書き下ろし〉

腐米汚職の真相を知る島丘伸之丞を捕えた湯瀬直之進は、海路江戸を目指していた。しかし、黒幕堀田備中守が島丘奪還を企み……。

**鳥羽亮**
浮雲十四郎斬日記
## 酔いどれ剣客
長編時代小説

渋江藩の剣術指南役を巡る騒動の渦中、江戸家老・青山邦左衛門が黒覆面の刺客に襲われた。十四郎は青山の警護と刺客の始末を頼まれる。

---

**花家圭太郎**
無用庵日乗《あんにちじょう》
## 大川しぐれ
長編時代小説〈書き下ろし〉

裏稼業の元締・雁金屋治兵衛が釣りを通して知り合った凄腕の師範代。裏の依頼の標的は、なんとその師範代だった。シリーズ第三弾。

---

**早瀬詠一郎**
朝帰り半九郎
## 紅そえて
長編時代小説〈書き下ろし〉

紅問屋の主から、娘を大奥にやるために仕立ててほしいと頼まれた於りつ。その裏の陰謀に、半九郎が挑む。好評シリーズ第三弾。

---

**幡　大介**
八巻卯之吉　放蕩記
## 大富豪同心
長編時代小説〈書き下ろし〉

江戸一番の札差・三国屋の末孫の卯之吉が定町廻り同心になった。放蕩三昧の日々に培った知識、人脈そして財力で、同心仲間も驚く活躍をする。

---

**藤井邦夫**
知らぬが半兵衛手控帖
## 雪見酒
長編時代小説〈書き下ろし〉

大身旗本の本多家を逐電した女中探しを命じられ、不承不承探索を始めた白縫半兵衛。本多家の用人の話に不審を抱きながらも、消えた女の行方を追う。

---

**藤原緋沙子**
藍染袴《あいぞめばかま》お匙帖
## 漁《いさ》り火《び》
時代小説〈書き下ろし〉

岡っ引の彌次郎の刺殺体が神田川沿いで引き上げられた。半年前から前科者の女衒を追っていたというのだが……。シリーズ第五弾。

---

**細谷正充・編**
傑作時代小説
## 大江戸殿様列伝
時代小説　アンソロジー

実在する大名の行状に材をとった傑作揃い。池波正太郎、柴田錬三郎、佐藤雅美、安西篤子、神坂次郎ら七人の作家が描く名短編。